아리랑 아라리요

– 농민이 새 세상을 꿈꾸다

국립중앙도서관 출판예정도서목록(CIP)

아리랑 아라리요 : 농민이 새 세상을 꿈꾸다 : 고창근 서사
시집 / 지은이: 고창근. -- 상주 : 문학마실, 2017
p. ; cm. -- (문학마실시선 ; 001)

참고문헌 수록
ISBN 979-11-951187-0-0 03810 : ₩15000

한국 현대시[韓國現代詩]
서사시[敍事詩]

811.7-KDC6
895.715-DDC23 CIP2017020542

문학마실시선001

아리랑 아라리요

- 농민이 새 세상을 꿈꾸다

고창근 서사시집

문학마실

自序

조선시대에선 소위 '난' 을 일으킨 사람은

모두 효수형에 처해졌다.

목을 잘라 긴 장대에 머리를 매달아 놓았다.

그럼에도 불구하고 '난' 을 끊임없이 일으켰으니

지배층의 노예로 살기보다

인간으로서의 주체적인 삶을 살기 위한

몸부림이 아니었겠는가.

일제 강점기의 독립운동가

오늘날 촛불을 든 국민들 모두

이 또한

지배계급의 노예로 살기보다

삶의 주체로 살기 위한 몸부림이 아니었겠는가.

자기 삶의 주인으로 사는

인생은 얼마나 아름다운가.

2017년 늦여름 주막듬에서

고창근

차 례

自序

서시 007

제1부

농민이 난을 일으키다 017

–1862년 임술농민항쟁

제2부

농민이 수령을 고을 밖으로 들어내다 085

–1891년 함창농민항쟁

제3부

농민이 읍성을 점령하다 165

–1894년 동학농민항쟁

맺음시 235

발문/ 2대가 효수 당한 상주 농민항쟁의 현대적 의미 241

임헌영(문학평론가, 민족문제연구소장)

참고문헌 246

서시

세종실록지리에
낙동강의 본원이 세 곳이라 했으니
봉화현 태백산 황지요
문경현 북쪽 초점
순흥 소백산이라

세 곳의 물이 흘러
비로소 낙동강을 이루나니 그곳
상주,
상주라

조선시기 영남의 중심적 행정도시
교통의 요지 토양의 양토
전답 비율이 전국에서 제일 높은 곳
땅이 넓어 지나가던 구름도 쉬어 가던 곳
바람도 몸을 뒤척여 너울대던 곳
상주,
상주라

벼 보리 조
감 대추 호도
누에고치 면화 대마 완초
생산 안 되는 것이 없던 고을
곡물이 넘쳐 타지로 팔려나가는 고을

–낙동강 굽이굽이 물결따라
노젓는 뱃사공아 쉬었다 가세
아리랑 아리랑 아라리요
아리랑 고개를 넘어간다

하지만,
그 땅의 주인은 피땀 흘려 일하는
농민이 아니었다
그 곡물의 주인은, 생산한 농민이
아니었다

들이 넓다고 넉넉한 것은 아니었다
들이 넓다고 배 부른 것은 아니었다
일하는 자 맹물에 간장 휘저어 마시고

일하지 않는 자 밥상
진해산미

그 넓은 땅,
10% 소수 양반 지주가 70% 이상 대부분 땅을
가진 곳

–문전의 옥토는 어찌되고
쪽박의 신세가 웬일인가
아리아리 쓰리쓰리 아라리요
아리랑 고개를 넘어간다

그 땅, 그 땅의 역사
피비린내나던 우리들의 역사 자랑스런 역사
우리의 아버지 그 아버지의 아버지가 일으킨 가슴 뜨거운
새 세상을 꿈 꾼, 가슴 벅찬
역사

잠깐,

우선,

토마토 농사 망해 마누라 도망가고
졸지에 홀아비된
친구 이야기부터

–쓰라린 가슴을 움켜쥐고
백두산 고개로 넘어간다
아리랑 아리랑 아라리요
아리랑 고개를 넘어간다

고등학교 1학년 다닐 때 쉬는 시간이면
시장 장학사 경찰 아들이 낀 불량배들에게 얻어맞고
분이 안 풀려 학교 그만 둔 뒤 구미 공장으로 갔더랬는데
이 공장 저 공장 3년간 옮겨다니길 여섯 번 했다던가

영장이 나와 군말 없이 군대 다녀온 뒤
구미 쪽으로는 오줌도 누기 싫어도 아는 곳은 구미밖에 없어
다시 전자공장에 들어갔는데
마음 착실히 잡고 성실하게 공장 다녀 색시도 얻고
아들 딸 낳아 모범국민으로 살아가고자 했다는데

같은 공장 다니던 통통하고 얼굴 넓은 여자

색시와 살림을 차리긴 했다는데
첫째도 아들 둘째도 아들, 비록 딸이 없어 서운했지만
세상을 다 가진 기분
잔업에다 철야 휴일까지 일했다는데
프레스에 손가락 잡아먹히고
밤이면 없는 손가락이 아프다고 울부짖던 친구

–팔자로다 팔자로다 팔자로다
문전걸식하는 것도 팔자로다
아리아리 쓰리쓰리 아라리요
아리랑 고개를 넘어간다

결국은 쥐꼬리 만한 보상금 들고
조상대대로 살던 고향으로 내려와 여섯마지기 논에
쇠기둥 세우고 비닐 씌우고
보상금에다 농협 융자 1억으로
토마토 농사를 지었다는데

다행히
마누라 성실하여 함께 열심히,
똥 누고 뒤돌아볼 사이도 없이 근면성실하게

옆 하우스에 가서 기술 익히며
15년 동안 농사지었다고
처음 몇 년 동안은 농협 빚 갚는 재미로
농사를 지었다고

–원수로다 원수로다
총가진 포수가 원수로다
아리아리 쓰리쓰리 아라리요
아리랑 고개를 넘어간다

하지만,
언제부턴가 토마토 농사 끝나면
통장에 들어온 돈 몽땅 털어 농협에 갖다 바쳐도
원금은커녕 이자도 못 갚더라고 다음 해
비료 살 돈조차 없더라고
헛웃음 지으며 맥주잔에 소주 가득 부어
단숨에 마시곤 깨소금 집어먹던 친구,
친구야
속에서 끓어오르는 불을,
불을 소주로 끄려느냐

농사 지은 지 20여 년 가까이 되자
이자가 새끼를 쳐 원금보다 더 많아졌다고
기름값 비료값 인건비 또다시 빚내서 지으면
그 빚은 또다시 새끼를 주렁주렁 치고

어째서
일할 수록 빚만 늘어가는지
아픈 허리 진통제 소주로 달래며 지었는데 결국은
토마토 하우스 빚쟁이한테 넘어가고
조상 대대로 살던 집도 경매로 넘어가고
마누라는 애들은 살려야 하지 않겠느냐고
친정으로 데리고 가버리고

–저 산 넘어 저 멀리 임 보내놓고
뜰아래 앉아서 탄식만 하네
아리아리 쓰리쓰리 아라리요
아리랑 고개를 넘어간다

내가 망한 건
게으른 탓,
못난 탓,

하는 일마다 되는 것 없어 타고난
팔자라고 헛웃음짓던
친구야,

찬 새벽 이슬 밟으며 들에 나가
샛별 보며 집으로 돌아오던
친구야
게을러서 패농했다고 자책하던
친구,
그 이야기는 이제
그만,

다만 한 마디만 보태자면
토마토 농사짓다 농약 마시고
목매단 농사꾼
한두 사람 아니라는 것
올해에만 곶감 농사 폐농하여 목숨줄 놓은
농사꾼 한두 사람이 아니라는 것
그 목숨 대가로 신자유주의 글로벌 시대 떼돈 버는
재벌 이야기는 너무 뻔해 이제
그만

정말 그만하고,

–근심걱정허느라 세월만 가고
몸 따라 마음도 늙어간다
아리아리 쓰리쓰리 아라리요
아리랑 고개를 넘어간다

100여 년 전,
그러니까 친구의 아버지 나의 아버지
우리들의 아버지 그 아버지들의
역사,
가슴 시린, 가슴 벅찬
역사,
그런 역사 이야기

–물 넘고 담 넘어 호박꽃 피고
저 고개 넘으로 님 소식 들려온다
아리아리 쓰리쓰리 아라리요
아리랑 고개를 넘어간다

제1부

농민이 난을 일으키다
-1862년 임술농민항쟁

제1장

어둠이 태산처럼 내리고
검은 눈 흩날리는 밤
바람이,
차다
하얀 별빛을 받은 대숲은 저 혼자
몸을 뒤척이고

흔들흔들,
효수로 장대에 걸린 내 머리를
바라보는 아들아,
내
아들아

이미 두 눈은 까마귀가 파먹었지만 나는
보고 있다 바람에 실려오는
세상

사람 위에 사람 없고
사람 아래 사람 없는

세상
그래서 서로 팔을 두르고 덩실덩실
어깨동무하는
세상

흔들흔들,
장대에 걸린 내 머리를 바라보는
아들아
내
아들아

비록
귀는 잘리어 문드러졌어도 나는,
듣고 있다 바람과 함께 오는
저
새 세상

일하는 자 배불리 먹고
땅의 주인이 되는
세상

아들아

내 아들아

네 입에 들어가는 밥 한 그릇은,

자유

평등

일월성신

천지신명

– 한섬지기 논자리가, 쌈안에 들었구나

동실동실 쌈을 싸 보세

상주야 원님은 곤달미 쌈으로

우리야 농부는 논쌈을 싸고

농가의 기시는 저 아지만네는

상추쌈을 싸건마는

제2장

아들아

사랑하는

내

아들아

이 세상에
죽음보다 더 무서운 게
무언지 아느냐

그건
사는 것이다 살아 숨쉬는 것이 더
무서운 세상이었다
아침 햇살에 화들짝 사라지는 이슬은
차라리 아름다운 것이다

대흉을 맞은 해는
소나무 껍질을 먹으려는 굶주린 사람들이
하얗게 이 산 저 산 무리지어 휘청,
흔들렸다.

부황들어 퉁퉁 부은 얼굴로
굶어 죽은 시체가 거리와 도랑에
가득 차 넘칠 지경이라는 칼날같은 소문도 떠돌았다
유난히 까마귀떼 무리지어 하늘을
맴도는 날들이었다

괴질로 쌓여있는 시체가 산과
같았다는 소문도 벼락처럼, 나돌았다
헛헛한 가슴에는 날마다
쿵, 쿵, 자꾸만 내려앉는 소리만 울리고

가뭄과 홍수가 지는 해 토지는 황폐화되어
굶주림에 허덕이는 농민들의 가정은
파괴되고 구걸,
구걸하다 유민이 되었다 유민이 되어
바람에 떠밀려 나올 눈물조차 말라버린
차라리 몸이 야속하다 왜 그리
비굴해지는가
산그림자 내려앉은 길가엔 개망초가
하얗게 몸을 뒤척이며 속울음을 삼키고

죽은 사람을
뜯어먹었다는 소문
죽음보다 더 소름끼치는
소문,

서로 잡아먹었다는 소문
소문,
환장할 소문

우린 사람이 아니었다, 단 한 번도
인간이었던 적이 없었다 저놈의
달은 왜 저리도 밝던지

심지어, 자신의 어린 자녀를
잡아먹었다는 소문,
소문이 든 날은 우린 서로
마주볼 수 없었다 우리는 차마
아는 사람을 만나는 것이
인간이라는 것이 무서워 서로 보지 않으려고
저 놈의 별, 별을 보며 갈대는
밤새 울음을 토해내는 나날이었다

아들아
사랑하는 내
아들아

희한하게도 그런 상황에도
죽고 잡아먹고 먹히는 그런 나날에도
전답이 늘고 또 늘고
노비가 늘고 또 느는 사람들이 있었다
부자인 양반 지주
자손만만대 먹고 살 재산이 불어
그들은 차라리 가뭄이 지고 홍수가 나는
흉년이 지는 해가 고마워 미칠 지경이었다
그들은 인간이 아닌, 우리와 다른
별천지에 사는 존재

기근이 엄습하여 배고픔을 견디지 못해
생명같은 전답을 내놓는 농민들이 늘어났다
곡식값이 무섭게 뛰었고
그 통에 토지는 헐값에 매매되고
피눈물 흘리며 농민들은 자식보다 더
귀한 토지를 팔았다

양반과 지주들은 왜 이리 좋으냐
헐값에 그것도, 기름진 땅만 골라서 사 모으고
고리대로 돈이 돈을 낳고

돈이 돈을 새끼쳐 많은 이익을 취하였다

아들아,

이 기막힌 현실 피눈물나는 현실이

무서웠다 호랑이보다 더 무서웠다

대흉을 만나면 지주는 더 큰 지주로 성장을 하고

농민들은 차마 죽지 못해

스스로 지주 양반들을 찾아가 노비가 되고

그것도 모자라 자식도 노비가 되길 청하니

양반 지주들은 이빨 튼튼하고 건장한 사람들만

노비로 삼아

헐값에 산 땅에 농사를 짓게 하고

어떤 농민은 노비가 되어

예전에 자신의 소유였던 땅에

농사를 짓는 기막힌 경우도 있었다

그런,

사는 게 무서운

세상이었다

–에~ 농부 팔자, 기맥힌다

헤이여, 헤어허니, 절도호 하네

불쌍하구도~ 가련도 하다
헤이여, 에어허니 절도오하네

에~ 우리 인생 아무는 웃을줄말듯
에이여 어허니 절도호 하네

제3장

어느 고을에선,
우리같이 배운 것도 없는
농투성이들이 들고 일어났다는
서릿발같은 소문,
점점 일어서는 생각 잠을 자다가도
벌떡벌떡 가슴 방망이질치는
붉은 생각

내 속에 미친 짐승이 울었다
저 놈의 하늘은 왜 저리 푸른가
저 놈의 햇빛은 왜 저리 쨍한가

바람은 속삭였다
아전을 죽였고, 심지어
시체를 끌어다 불에 넣어 태워버렸다고
재산을 빼앗았다고
농투성이들이, 우리들처럼
글자도 모르고 무릎 꿇을 줄만 아는 농투성이들이
향품과 호족들의 집을 불태우고 수령을 겁주어
내쫓았다고 했다

뒷산의 등굽은 소나무 밤마다
속울음 삼키느라 산이 쿨럭쿨럭
우리는 언제 하나
부럽기만 하고 애꿎은 달빛에
눈길 주고

아들아
내
아들아

미쳤다, 저 들만 보면

피땀 흘려 기름진 땅 주렁주렁 열린 벼이삭
참새는 짹짹 떼지어 다니고
미쳤다, 저 들만 보면
하늘엔 구름 한 점 없고
왜 내 입에 들어오는 밥은 없는가
우리가 피땀 흘릴수록 왜 지주 양반들의 곡간만
터져나가는가

아리랑 아리랑 아라리요
아리랑 고개를 넘어간다

처음엔 등소를 하고 목사의
처분을 기다리고자 했다
우리 농민들이야 들에서만 힘이 장사지
양반 지주 앞에선 고양이 앞의 쥐꼴이 아니었더냐

초기엔 토호세력이 주도했다
관이 일방적으로 세금방식을
정하면 향회를 열어 반항했다

토호들은 등소나 향회 때 드는

비용을 거두고,
안 내면 집을 털어버린다고 협박하고
벌전을 내도록 했다

비록,
글을 몰라 토호들의 뒤를 따랐지만
이건, 아니지 싶었다

토호들의 입과 농민들의 입이 다르고
말과 밥이 달랐다 입는 것이
다르고 똥누는 것이 달랐다

농민들과 토호들의 대립이
격화되었고

결국,

우리 농민들 스스로 통문을
만들고 취회하였다
아들아,
그동안 비겁했던 삶

용기 없던 삶
단 한 번이라도 용기 있는 삶을 살기 위한
몸부림이었느니라

태어나서 보고 듣고 배운 것은
복종,
시키면 시키는 대로 죽으라면
죽는 시늉까지,
우리가 언제 사람이었던 적이 있었느냐

그렇다고,
우리 몸속에 피가 흐르지 않더냐 뜨거운 피가
단 한 번이라도 흐르지 않은 적이 있더냐
뜨겁게 사랑하고 어깨동무하고
곱사춤출 줄 아는
우리 몸속에도 뜨거운 피가 흘렀느니라

2월 말, 민회를 열고 부당함을 논의한 후
관아 앞으로 나아가
군포 문제 뿐만 아니라 각종
세금에 대한 소장을 냈다

벼랑에 서 있는 기분
무릎 꿇고 빌고 싶은
비굴한 심정

일부 농민들은,
관청을 불태우자는 쇠된 목소리를 냈고
양반 지주들의 집을 불태우자는 피섞인
고함도 들렸지만

순한 초식동물의 눈같은 농민들은
믿었다, 아니 믿어야 했다 믿고
싶었다 믿고 싶은 소망에
폭력사태는 일어나지 않았다
그래서인지, 우리의 요구사항은
하나도, 이뤄진 것은, 없었다

자꾸만 하늘에는 까마귀 떼지어 날고
길가엔 오랜 가뭄으로 풀들이 제 몸을
비틀어댔다

저 남쪽 고을의 봉기 소식은 자꾸만
밤마다 문풍지를 두드리고 잠이 오지 않았다
울뚝불뚝 일어서는 것이
정녕 피, 붉은 피 냄새였더냐

농민들의 원망과 분노는 날로
높아갔고 그런 와중에 이번엔 인근 고을인
선산 개령 안동에서 농민들이 들고
일어섰다는 작두날같은 소문이,
퍼졌다

가슴이 뛰고 떨리고 부풀어 오르고
서로 만나는 눈빛이 쨍, 햇빛에 빛났다
빈 주먹에 나도 모르게 힘이
들어가고 사는 게 무엇인가
하루에도 몇 번이나 되물었다

–남에 집에 점심 광아리는
다 나오는데 우리 집에
점심은 아직 아니오나
에헤 에헤 헤헤이 호호호니

저로호하~네

제4장

솥에 물을 붓고 된장 풀어
끓인 물로 한 끼를 때우던 시절,
이었다

몸이 싫어질 때가 있다
배고픔으로 지주에게 무릎 꿇으려고 할 때
내 몸이 싫어진다 배고픈 이 몸
싫어질 때가 있다

환곡,
원래 환곡은 양식 떨어진 봄에 나누어 주고
10% 이자를 붙여 가을에 거두는 것이 아니더냐
하지만 봄에 쭉정이나 겨를 섞어 주고
가을엔 알곡으로 거두어가니
환장할 노릇이었다

더욱 환장할 것은 아전들이

아예 주지도 않고, 다 떼어먹고서
농민들에게 준 것처럼 장부를 꾸며
가을에 내놓으라고 하니 이것이
말로만 듣던 백징이라는 것이다,
백징

이러니 아예 봄에 받지도 않고
가을에 주지도 않는,
붓끝으로만 장부에 올리고 이자만
납부하니 오히려, 우리는
고마워 미칠 지경이었다

양반 지주들의 사랑채에선
웃음소리 노랫소리 끊이지 않고
주린 배 안고 잠 못 드는 밤
우린 웃음 잊은 지 오래 그저
날 밝으면 찬이슬 맞으며 들로 가고
해지면 잠을 자는 비굴했던
인생,
운명이라 생각했다

–아리아리 쓰리쓰리 아라리요
아리랑 고개를 넘어간다

군역, 또한 요상한 괴물이라
한 사람에게 부과된 군역이
농민들의 몰락으로
'이리저리 구르다 쌓인 군포를 다 친척이나 이웃에게 징수하니 마침내 한 사람이 열 사람의 포를 내야 하고 한 집이 열 집의 몫을 내야 하니'
하루아침에 망하는 집이 어디
한둘이랴

게다가, 지주와 부호는 그들이 물어야 할
세금을 소작인 농민들에게 전가하니
일 년 내내 열심히 농사지어
얻는 것으로는 조그마한 항아리를
다 채우지 못해도,

해뜨기 전에 삽을 들고
찬이슬 맺힌 풀잎을 밟노라면
이 서늘한 느낌

해가 지고
저 놈의 붉은 노을
연기나는 집 몇 없고
나물로 죽을 끓여 저녁 때우고 드러누우면
하얗게 뒤따라 들어온 저 놈의 달

누구를 위해 일했던가
누구를 위해 이렇게 사는가
지주 양반의 곡간은 넘쳐나는데
피땀 흘려 일하는 우리는 왜 매일
배곯는가 잠깐 눈 감았다
싶었는데 벌써 문이 훤하게 밝아오고

–아리아리 쓰리쓰리 아라리요
아리랑 고개를 넘어간다

부농층들은 대부분 조세수탈을
모면했는데, 농작물 작황 파악할 때
농간부려 전세 내지 않고
은결–실제로 농사짓고 있으나 토지대장에서 빠지고
지주에게 투탁하여 불납

군역을 면제받기 위해 양반으로
거짓 꾸며 신분상승
향리와 결탁 납부 대상에서 누락

이러한 결과로,
총액제로 운영되던 세금방식에
이들이 내야 할 세금을 결국은
우리 농민들이 부담해야 했던
것이 아니더냐

거처없이 떠돌아다니며 걸식하는
사람들이 속출했느니라

–이랴 껄껄 이랴 껄껄
이 놈의 소야 어서 가자
너도 청춘 나도 청춘
두도판 청춘이
서로 만나 고생하니
웬일이냐
시접가고 장게 갈 때
호강할 줄 알았더니

만나다보니
처철이도 원수로다
동지섣달 쌓인 눈은
이삼월이면 녹건만은
요내 가슴 쌓인 수심은
하절이라도 아니 녹네

제5장

뒷산 등굽은 소나무 밤새 울고
날은 쉬 밝지 않아
가슴은 왜 이리 자꾸 뛰는가
가슴은 왜 이리 자꾸만 뜨거워지는가

새로운 세금은 자꾸 생기고
있던 세금은 올라갔다
다섯 냥 내야 할 세금을 일곱, 여덟 냥으로
심지어,
열 냥이 넘는 경우도 많아 헛웃음
비굴한 웃음 감나무 꼭대기에 걸린
저 놈의 달

세금을 거두는 자들인 토호들은
관과 결탁하여 세금을 거둘 때 더
거두어 개인적으로 착복,
착복
저들은 도대체 얼마를 더 먹어야
저들은 도대체 언제까지 우리 것을 빼앗아야
끝없는 수탈,
수탈

말 안 들으면 집으로 끌고 가 형틀에 묶고
낸다고 할 때까지 희멀건 똥물이 나올 때까지
매질을 했다 매질을 견디지 못해 죽은 사람
살아남아 집에 돌아온 사람은 장독에 걸려
죽기 일쑤였다
요행히 살아남은 자들에겐
높은 이자를 쳐서 다음 해에,
거두었다

날마다 벼랑에 서 있는 것처럼
비굴한 마음으로 나약한 육신으로

제6장

아들아

내

아들아

그래도 죽지 못한 목숨이라

살고자 살고자 관가에 몰려가

시위를 벌이고 정소를 했지만

우리들의 요구는 하나도

이뤄진 게 없었고

4월,

인근 고을 선산 등지에서 농민들이

들고 일어섰다는 낫같은 소문

어찌할 꺼나 어찌할 꺼나

이대로 살 것인가 짐승만도 못한

비굴한 삶을 이대로 살 것인가

문풍지에 내려앉은 저 하얀 달빛

자꾸만 몸을 뒤척이는
생각, 생각들

관을 때려부수자!
우리도 빼앗긴 곡식을 되찾아오자!
원성과 분노가 하늘을 찌를 무렵

마침내,
영남 선무사로 임명된 이참현이 왔다

우리는 기대, 기대를 가졌다 어떤
방책이라도 마련해주지 않을까
일말의 기대를 가졌다
물에 빠진 사람 지푸라기라도 잡는
심정으로

어찌 우리에게 울음이 있었으랴
길가의 풀들은 엎드려 숨죽여 울고
바람은 울음을 참지 못해 쿨럭, 쿨럭
터트리고 우린,
나약하게 살아온 날들에 대해 울지도

못하는

선무사는 선유를 한다고 향회를 열게 했고
우리들은 휘청거리는 그림자를 앞세우고
관청으로 달려갔다

목사 양반 지주
긴,
침묵이
흐른 후
이참현이
마침내,
쥐같은 눈을 가늘게
뜨고
입을
열었다.

영남은 처음부터 풍속이 온화하여 조종조 이래 다른 도와는 달리 예로써 대해 왔는데, 어찌하여 기강을 멸시하고 분수를 어기는지, 마땅히 처벌해야 하나 이번만은 특별히 관용을 베푸노니 앞으로는 절대 소란하게 굴지 말아라

가슴이 쿵,
무너지는 소리를 들었다 가슴속에서
돌에 맞은 쇠된 소리가 났다
굴욕,
또다시 무릎을 꿇어야 하나 평생을
꿇은 무릎 접혀진 허리
그때,
탁!
소리가 났다 돌이 저 혼자 날아가
이참현의 앞에 떨어졌다
딱!
또다시 돌이 저 혼자 날아가 이참현의
뒤에 떨어졌다 여기 저기서 돌이,
이참현에게 날아갔다

이게 무슨 짓들이냐
얼굴이 하얗게 변한 이참현
헛기침의 위엄
목사가 눈알을 부라렸지만 돌멩이는,
저 혼자 날아가 이참현에게 달려들었다

그들은 서둘러 동대청으로 자리를
옮겨 논의를 했는데
포흠,
관아의 공물을 아전이 떼어먹은
포환 4만석에 대한 이자를
논의하는 자리였다.

부자들은 가가호호
집집마다 균등하게
그러니까, 부자나 가난한 자나
똑같이 부담하자 했고

농민들은,
반발했다

그동안 세금 정해진 액수보다 더 많이 거둬 착복한 게 얼마인데 이제 포흠까지 우리에게 부담시키느냐 차라리 죽여라

가슴에서 쿵쿵, 북소리가 났다
까마귀떼는 커다랗게 원을 그리며 하늘을 날고

비가 오려는가 개구락지는
슬프다 슬프다 외쳐대는데
핏발선 농민들의 원성에
침묵,
침묵만

또다시,
천둥치는 소리
뇌성

아전들이 착복한 것을 어찌 백성에게 내게 하느냐

먹은 놈 따로 있고
갚는 놈 따로 있나
먹은 놈 고개 들고
갚을 놈 허리 굽혀

또다시
긴,
침묵이
흘렀고

마침내,

누군가

나섰다

만일 균분하고자 한다면 집집마다 똑같이 낼 게 아니라 땅을 기준으로 일 결당 두 냥씩 내면 될 것이요

땅이 없는 농민에게는

분담하지 말자는 입장

농민의 마음은 농민이 안다

결론은 나지 않았고 농민들에게

사적으로 거둔 각종 세금문제는

아예,

논의조차 하지 않은 채 선무사는

서둘러 떠났다

더 이상 뜨겁게 하지 마라

비굴하게 산 인생

뜨거워도 뜨거워도

무릎 꿇며 산 인생
허리 굽혀 산 인생

저 놈의 노을은
왜 저리 붉은가

–텃밭 뒷밭 고추 마늘
맵다캐도
시집살이보다
더 매울소냐
시집살이 말도 많고
친정살이 숭도 많고

제7장

선무사가 떠난 후 실망한 농민들은
분노로 술렁였고 관아에 대한 기대를 포기
봉기를 통한,
실력행사로 우리의 요구를 관철하기로
결정,
했다

통문을 돌려 5월 14일 읍회를 열기로
하자, 관에서는 읍회를 막기 위해
주모자를 잡아들이라 했지만
모두가 주모자요 원성이 주모자다
잘못 건드렸다간 본전도 못 찾을 판
목사되기 위해 왕비에게 바친 돈
아직 다 못 찾았다 되찾아야 하는데
목사는 쥐같은 실눈을 뜨고 두리번두리번

앞에 나선 풍헌 김일복은 협상을
통해 문제를 해결하고자
관아에 들어갔다.

김일복 얘기를 잠깐 하자면,

관에서 가난한 자에게 뜯다가 이제,
부농층까지 부담지우자
자신도 머잖아 유랑걸식될 상황
농민들이 죽어나갈 때 두 눈 감고
두 귀 닫고 있었다가 이제 내 발등에 불이 떨어져

부농인 그는 위기를 타개하기 위해
농민들과 연대하여 투쟁을 조직화하려고 했다

그의 주장은 합법적인 정소 단계와
민회를 통한 농민들의 의견을 모으는 단계까지만
영향력을 발휘할 수밖에 없었다 그는
부농이었고 가난한 자가 아니었기에
부농은 부농의 이익이 있고 그 이익이
가난한 자의 이익과 같지 않으니

마침내,
우리 농민들이 세금투쟁을 넘어서서
사람 위에 사람 없고
사람 아래 사람 없는
세상을 만들려고 했을 때 그는 당연하게도
대열에서 이탈했다

그러니까,
김일복이 관아로 들어갔을 때 오히려
목사는 그에게 회유책을 제시하고
농민들을 회유하려고 했다

당연한 얘기지만 이런 시도는 오히려
불에 기름 붓는 격이라

아들아,
우리는 알았다 우리를 위해 주는 사람은
없다는 것을 우리를 위해
우리 스스로 해야 한다는 것을
저들의 세 치 혀를 믿어선 안 된다
저들의 간사한 눈웃음을 믿어선 안 된다
논물 서로 대려고 싸운 우리가
서로 믿어야 하고 손을 잡아야 한다
농투성이는 농투성이만이 위할 수 있다
왜 이제야 알게 되었는지

굶는 사람을 보면
죽을 먹는 우리가 더 낫다고
죽 한 그릇을 지키기 위해
굶어죽는 이웃을 외면하고
무릎을 꿇었던 이 알량한 배고픔
비굴했던 인생

농민들에게 일부 동조했던
토호 부자들과 결별하고
농민 주체로 싸우기로 결정,
했다

그동안,
내가 게으르고 못났기에 가난한 줄 알았다
내 부모가 게으렀고 못나서
나도 가난한 줄 알았다
저들은 부모가 그 조상대대로 부지런했기에
부자인 줄 알았다
해 떠서 질 때까지 피땀 흘려 일해도
나아지지 않는 건 모두
내가 못난 탓인 줄 알았다

—쾌장아 에에이
장하오아
더운 날에 에이이
넓은 들판에서 일하는구나
에헤이히 장하

에이 시틀받쳐 많은 날에
일만 하구서 무엇하나 쾌장아 이장하
놀다가 죽어도 원통타 하는데
쾌장아 시장아

제8장

모심기 끝나자 개구리 미친듯이 울어대고
모기는 밤낮을 가리지 않고 달려드는
5월,
읍회 장소로 모였다 애초 민회에서 결정하였던
조관가를 찾아가 장두가 될 것을 요청하려고 했다
우리 농사꾼들은 평생 흙과 함께 살지 않았더냐
글도 모르는 농투성이
등장도 쓸 줄 모르는 농투성이 아니었더냐
그러나,
와병 출타중이라고 했다
무력행사보다는 먼저 소장을 올리려는
소심한 가슴에
서늘한 바람이 들이닥쳤다.

가슴은 뛰고 이마의 굵은 주름 사이로
햇빛은 내려앉아 쨍, 빛나고
비록 양반이라지만 높은 공부한 것으로 보아
우리를 도와주리라 믿었던,
이 머리를 이 나약한 가슴을 주먹으로
내리치고 싶었다

이번엔 김승지 집으로 몰려갔다
이미 눈치챈 그는 집에 없었다

왜 사는가
이렇게 평생 살 것인가
하루에도 수없이 되물어온 말
백일홍 나무에서 시뻘건
피가 뚝뚝, 떨어지고

불을 질러라!
다 때려부수자!
저들도 한 패다!
벼락같은 고함소리
서러운 눈물로 부끄러운 지난 생으로

악바라지 소리가 터져나왔다
누군가 짚단에 불을 붙여 사랑채에 던졌고
또다시 누군가 짚단에 불을 붙여 사랑채에 던졌다
사랑채 방마다 불 붙은 짚단을 던졌다
비굴했던 생도 나약하기만 했던 삶도
짚단과 같이 던졌다
쿨렁 쿨렁, 검은 연기가 쏟아져 나오고
불은 삽시간에 사랑채 전체를 삼켰다
작은사랑채도
안채도
별당도
순식간에 불길에 휩싸였다

조관가 집으로 다시 찾아갔다 여전히
그는 없었고

불을 질러라!!!

한치의 망설임도 없이
큰사랑채
작은사랑채

안채
별당에
불 붙은 짚단을 던졌다 시뻘건 불은
검은 연기를 토해내며 하늘로 높이 높이
치솟았다

이번엔 조승지 집으로 달려갔다
소식을 들은 조승지는 가산을 막
옮기는 중이었다
함 속에,
수상한 도장들이
수십 개
나왔다

항쟁의 실질적 지도자인 정나구
검게 탄 이마의 주름이,
꿈틀거렸다

사가에서 인신을 만들어 평민에게 억지를 부리는 양반가를 모조리 불태워 버리자!

그들도 한 패였다 우리가 어리석었다
바보였다
저들의 웃음 뒤엔 사악한 마귀가 있다는 걸
높은 공부 학문 깊다 하여 믿었던
우리는 치를 떨었다 평소 우리를 위할 것처럼
위선을 떨던 그들

1차 봉기의
시작이었다

곡간으로 달려가 문을 곡갱이로
때려부수면 곡식이 가득찬 곡간 구석엔
썩어가는 곡식이 수두룩했다
밖으로 꺼내자!
누군가 소리쳤고 곡식 뿐만 아니라 건어물 비단까지
사랑채에서 꺼낸 금송아지 노비문서까지
안채에서 비단에다 금은보화,
원래 우리 것
우리가 지었던 것
우리가 빼앗겼던 것
이제 우리가 가져간다 원래

우리 것이었던 것,
꺼내고 방마다 불붙인 짚단을 던졌다
태산같이 커다란 집들이 순식간에 불길에
휩싸였다 잘 탄다 그동안 용기 없던 나약한
마음도 잘 탄다 잘 탄다

또한,
수령과 결탁하여 고혈을 짜낸
향리들 지주들의 집
김참판 집도,
성참봉 집도,
이선전 집도,
김봉사 집도,
김정언 집도,
불태웠다
어디 있었던가 이 용기
하늘엔 햇빛이 무겁게 내리쬐고

우리들을 수탈했던 거머리 같았던
아전들,
미리 도망간 아전들의 집에선

가노 몇몇이 막아섰지만
사람을 상하게 하고 싶지 않소
단호한 말에
막지 못하면 우리들이 죽소
애걸하는 눈빛
노비문서 불태우고 면천시켜줄 것이오
슬그머니 비켜선 가노들 지나 넓은
마당으로 들어섰다 수령을 등에 업고
날뛴 새끼 호랑이 아니,
늑대들의 집들을
한 집,
한 집,
한 집,
한 집,
불태웠다

열세 집을,
불태웠다

우리 것 찾으리라
우리가 농사지어 바친 것

되찾으리라 비굴했던 과거
부끄러운 지난 날 이제 더는
부끄러운 삶을 살지 않으리

읍내 곳곳에 불길이 하늘 끝까지 치솟았다
대낮보다 더 밝았다 함성소리도 도처에서
천둥처럼 울렸다 산이 울리고
땅이 흔들렸다

왜 이제야 알았던가
이 땅이 애초부터 우리 땅,
이라는 것을

왜 이제야 알았던가
지주집 곡간에 쌓인 곡식이
내가 지은 내 것이라는 것을

왜 이제야 알았던가
지주 양반 입에 들어가는 진해산미
모두 우리가 지은 것이라는 것을

땅을 치고 통곡한다
나를 먹여살려준 게
양반이고 지주고 나랏님이라고
잘못 알았던 것을

새로 태어난 기분이었다 세상을
다 가진 듯했다
걸어도 발이 땅에 닿는 느낌이
없었다 두둥실, 몸이 저절로
떠다니는 것 같았다

평소 우리 것 같지 않았던
달빛이 먼저 길을 터주고

어디 숨어 있었을까
이 용기는
이 핏줄에
이 가슴에
숨어 있었을까

아이의

맑은 눈에 숨어 있었을까

아내의 가슴에
어머니의 주름에

아니 아니,
저 논에 있었는지 몰라
저 논에 일하는 사람들의 가슴에

—치나 칭칭나네
얼씨구나 절씨구나
이팔청춘 소년들아
백발보고 반절을 마라
나도 이제는 청춘일러니
오늘 백발이 더욱 설다

제9장

아들아
사랑하는 내
아들아

너는 알아야 한다 저들의 탐욕을

저들의 탐욕에 죽어간 수많은 농민들을

굶고 더러 죽고 지옥같은 삶을 살아간

농민들을

그리하여,

낙동강 도도히 흐르는 기름진 땅

그 땅의 주인은 탐학에 가득찬 군림하는

양반 지주들이 아니라

새벽 찬이슬 맞으며 들로 나가

나무 껍질같은 손과 발로 하루종일 일하다

어둑해지면 또 하루를 견뎠구나, 그렇게 사는

그렇게 엎드려 사는 농투성이가

이 땅의 주인이라는 걸

다 빼앗겨도 농사지어 입에 들어가는 것 없어도

날이 밝으면 또 들로 나가 일만 할 줄 아는

그들, 농투성이가 이 땅의 주인이라는 걸

아들아,

너는 알아야 한다 일하는 자

이 땅의 주인이라는 걸

그들의 굵게 패인 이마의 주름에 맺힌
땀방울이
이 세상에서 가장 아름다운 것이다

비록 죽이나마 저녁을 지어놓고
마치 들에 핀 보랏빛 들국화 같은
농투성이 남편 기다리는 아낙네가 이 세상에서
가장 예쁘다는 걸

아들아,
사랑하는
아들아

토호들의 집을 불태우고 아전들의
집을 불태운 것은
네 입에 들어가는 밥 한 그릇,
일월성신
천지신명

짐승이 아닌 사람으로
살고자 비굴했던 인생 차마

죽지 못해 살고자,

뜨거운 햇살에 백일홍은
붉은 혓바닥 붉은 피, 흐르고

아들아,

똑똑히 듣고 똑똑히 기억,
해야만 한다

1차 봉기로 아전들의 집과
토호들의 집을 불태운 후
농민들은 읍내에 머무르면서
구체적인 투쟁 방안을 모색했다

도망간 아전들과 지주층은 읍내로
오지 못하고 들판에서 노숙했다
읍내는 우리들의 세상 이 눈치
저 눈치 안 보는
사람 위에 사람 없고
사람 아래 사람 없는

우리들의 세상

목사 한규석은 서울로 도망간 후
부모의 병을 핑계로 상주로 내려오지
않았다
아전들과 재지사족들은 농민들의
눈치를 살필 뿐 아무도
읍정을 살피려 하지 않았다

우리들의
세상이었다

우리가 주인이었고 허리 굽힐 일
없던 세상이었다
우리가 언제 단 한 번이라도
주인이었던 적이 있었던가
내 몸이 내 것인 적이 있었던가
이제
내 곡식의 주인,
내 땅의 주인,
내 몸의 주인

우리 모두가 발 딛고 사는 세상의
주인이었다

관아에 있던 남아도는 쌀
우리들이 지은 쌀 원래
우리의 것 부황든 농민들에게
모두 나누어주고

불지른 지주 집에서 썩어가는 쌀을
동네마다 골고루 나누어주었다
함께 하지 않았던 사람들에게도
아파서 누워있는 사람들에게는 직접 갖다 주었다
누워서 눈물만 흘리는 농투성이는
바뀐 세상을 믿지 못하는 눈치였다
안심하고 먹으라고 했다

눈이 부셔 차마 제대로
볼 수도 없는 하이얀 쌀밥을
이렇게 배 터지게 먹을 줄은
몰랐다

이렇게 쌀밥을 배부르게
먹어도 되는지, 먹으면서도
쌀밥에게 송구하고 미안하고
죄송스럽고 존경스럽고
엎드려 절이라도 수십 번
수백 번 올리고 싶었다

하늘에 뜬 둥근 달은 하얗게 웃고
왜 이리 별들이 예쁜가
왜 이리 달이 환장하도록 고운가
10여 일 동안 날마다 잔치를,
벌였다

아리랑 아리랑 아라리요
아리랑 고개를 넘어간다

5월 26일
2차 봉기,

1차 타도 대상은 중앙정계에 연결되는 조반과
세금 거두는 호수를 지낸

양반가들이었다

그들 또한 우리들을 얼마나 많이
수탈했던가 정해진 세금보다 더 많이 걷어
얼마나 착복했던가
한 놈이 2만 냥 4만 냥이 기본
다 우리들의 피를 빨던
우리의 목숨 가지고 장난치던
지나가던 새들도 외면하던
바람조차 쳐다보지 않던

이들의 집을,
불태우고
목사 떠난 관아의 문부도
불태웠다

어찌 이런 날이 올 줄 알았던가
언제 이런 날을 꿈이라도 꿀 줄
알았던가 앞에선 고개조차 제대로 들지
못하던, 우리의 목숨줄을 쥐고 있던 그들
그들의 태산같은 집을 불태울 땐

가슴이 터지는 줄 알았다
태워라
태워라
재도 남기지 말고 모두
태워라
서쪽 하늘에 지는 해가 붉게 붉게
소리쳤다 피보다 더 진한 붉은
함성이 하늘을 덮었다

평소에 갖은 수탈의 대행자 노릇했던
부자들과 거들먹거리던 지주들 집
모두,
불
태
웠
다

불지른 관청은 속오청 세초청
수탈장부인 군안 환곡대장과
살옥문안도 끌어내 불질렀다

옥에 갇혀 있던 사람들도 모두
풀어주었다 내놓으라는 세금 못 낸
그들도 우리와 같은 농투성이
어깨동무하고 한 다리 들고 노래 부르고
덩실덩실 춤추고
핍박받는 세상 불태우고
새 세상
우리들의 세상
양반 지주 없는 세상
낙동강은 밤새 몸을 뒤척이며
새 세상이 왔다고 날마다 웃고
울었다

평소 농민들을 업신여겼던
민가들도 불태운 후
농민들은 자진 해산했다

총
67호를
불
태

웠

다

향내 지배층들은

꼬리를 사타구니에 감춘 개처럼

곁눈을 뜨고 이리저리 눈알을 돌리며

숨고 도망가기에 바빴다

그 어디에도 위엄 있는 양반의 체모를

드러내는 자가 없었다

저런 자가 하늘처럼 우러러 보였다니

마을 입구에 서 있는 등굽은 소나무가

핏, 웃었다

신임 목사가 부임하기 이전인

6월 17일까지 우리 농민들은

누구의 눈치도 보지 않고

살피지 않아도 되는

새 세상이었다

지금까지 단 한 명도 다치게 하지 않았다 우린

빼앗겼던 곡식만 가져오고 우리의
요구사항만 관철시키면 되었다
다친 사람이라곤 급하게 도망가다
개똥에 미끄러져 마빡을 깐 호방이 유일했다
농사짓는 일이 생명을 다루는 일이라
길가에 있는 풀 한 포기조차
함부로 하지 않는 게 우리 농투성이 아니더냐

이런 세상이 올 줄이나 알았던가
앞산은 믿음직스럽고
뒷산은 든든하고
해는 남의 것 같더니 내 것이고
달은 첫날 밤 품은 마누라 같고
길가의 개똥도 예쁘게 보이는
이런 세상 올 줄이나 알았던가

왕은 한석규를 파면하고
조영화를 목사로 임명하여
사태를 수습토록 했다

—여기 꼬옵고

저게 꼽고

쥔네야 마누라

그게 꼽고 (이흐흐흐)

꼽기는

꼽네마는

멍산이라서

될까 말까

제10 장

경상감사의 장계를 받은 왕은,

다른 지역은 난의 열기가

식어가는데 유독 상주는 왜 더욱

심해지는가 이해할 수 없다는 듯

이해가 되지 않는다는 듯

혼자,

중얼거렸다

선무활동을 마친 영남선무사 이참현의

보고를 받고, 양반 아전 지주들의

탐학과 과도한 세금 때문이라는 것을 알았지만,

다만, 탐학을 금할 것과 주모자를 처벌하여
그와 같은 난이 일어나지 않도록,
구중궁궐에 후궁끼고 앉아
진해진미 상 앞에 앉아
맑은 술,
한잔 마시며 지엄한 어명을 내렸다

읍내로 들어가지 못하고 인근 친척집에 머물던
아전 지주들은 밤마다 은밀히 만났다
이대로는 물러설 수 없는 것
어떻게 이루어 놓은 세상인데 별천지가
따로 없었는데
얼마에 주고 산 아전 자리인데
단결, 단결하기로 힘을,
모으기로 했다

그리고,
양반을 욕보인 죄 아전을 구타한 죄
이보다 더 큰 죄가 어디 있으랴
아예 영원히 싹이 트지 않도록 뿌리조차 캐내어

백 리 밖으로 버리리라 그리고
영원히 우리들의 세상을 만들리라
아전과 양반들은 결의, 결의했다

6월 17일 마침내 신임 목사
조영화는 부임하자마자 농민들의 요구는
외면한 채 제일 먼저
항쟁을 주도한 농민들을 체포했다

아,
이럴 수가 있는가 방심했었다
사람을 죽이기는커녕 상하게도 하지 않았기에
신임 목사가 우리들의 요구사항을
들어주리라 믿었다 그래서 신임 목사 오는 길에
청소하고 떡도 하고 잔치 준비했더니

양반 지주들은 그들대로 욕보이고
집에 불지른 농민들을 사노를 풀어
잡아들여 몽둥이로 요절을 냈다

도망가지 않은 앞장선 농민들은

집에서 밥 먹다 똥 누다 논에 김매다
붙잡혀 몽둥이로 얻어맞고 관아로
개처럼 끌려왔다 앉지도 못하는 사람들을
치죄하기 시작했다

이
과정에서,

김벽록 이문보 이흥손은
곤장에,
맞아 죽고

정나구 김일복 장수학 손문득 김득이는
대구 감영으로 옮겨져 문초를 받았는데,
김일복 장수학은 곤장에 맞아 죽고
정나구는 효수를 당했다
김득이 손문득은 원정 정배 당했다

그나마 다행히,

김말대 조두꺼비는

도망쳐서 살아남았다

나는,
며칠 후

재 봉기를 위해 이리저리
통문을 돌리다 잡혀
관아 앞에서 효수 당했다

아들아,
내
아들아

내 비록 죽었더라도 이 땅에
핍박이 있는 한 봉기는
천 년 만 년 계속,
일어날 것이다

사람 위에
사람
없고

사람 아래

사람

없는

세상이,

올

때까지

—노세 노세 젊어서 노세

늙어지면 못 노나니

인생은 일장춘몽

아니 놀고는 무엇을 하리

제11장

아들아

내

아들아

날이 차다

이제,

집으로 돌아가거라

다만,

돌아가되 다음에 얘기하는 사람들을

절대로,

잊어서는 안 된다

먼저,

정나구는 1차 봉기부터

농민들을 대표하는 실질적인

지도자였다

처음 항쟁을 주도한 부자들이

이탈한 후 김말대 조두꺼비와 더불어

봉기의 선두에서 이끌었다

주동자로 체포된 후에도

끝까지, 항쟁의 정당성과

아전들과 양반 지주들의

세금수탈과 포학함을 주장했다

가진 것도 배운 것도 없는

그는 농민들의 뜻을 끝까지,

관철하고자 몸부림쳤던 지도자였다

단 한 명의 살상도 없이
김말대와 조두꺼비도 정나구와 함께
양반 지주들의 집에 불지르는데
앞장섰다

가진 땅도 지을 땅도 없는
소작농 품팔이였던 그들은
항상 선두에서 항쟁을,
이끌었다

다행히,
도망쳐서
잡히지 않았다

뚜렷한 의지를 가진
손문득,
역속이라 세상 돌아가는 형편을
누구보다 먼저 알고 앞장선
장수학,

뒤로 처지지 않고 항상,

누구보다 열심히 항쟁에
참여했던
김득이
백취광
김숙심

어디,
이들 뿐이랴

농민 전부가
주동자요
지도자,
였다

새
세상을
갈망했던 모든 농민들이
주동자,
였다

—아리랑 아리랑 아라리요

아리랑 고개를 넘어간다

아리아리 쓰리쓰리 아라리요
아리랑 고개를 넘어간다

2부

농민이 수령을 고을 밖으로 들어내다
–1891년 함창농민항쟁

제12장

함창에 난이 일어났다는 소식을 듣고
어머니는 한달음에 저를 찾아오셨지요
아직도 낮에는 더위가 가시지 않은 8월
그 후유증으로 어머닌
내리 나흘을 앓아누웠습니다
저를 보시고는 긴장이 풀린 탓인가
하루에도 수백 리 장사를 다니셨던
어머니께서 고작 40리에 나흘을 앓다니요
압니다 어머니, 알아요
어머니가 보신 것은 어쩌면 제가 아니라
아버지일지도 모르지요 아니
함창으로 오실 때 저를 보러 오신 게
아니라 아버지를 보러 오신지도 모르겠습니다

저는 그때 함창 외가에 와
며칠동안 머물고 있었지요

어머니가 오셨을 땐 이미
농민들이 수령을 함창 밖으로

쫓아낸 후였습니다

물론, 저도 난에 참가했습니다
농투성이는 어디서나 농투성이
함창농민이 되어 난에 참가했습니다
새 세상을 간절히 바라며
난에 참가했습니다

어머니
전 거기서 수많은 아버지를 보았습니다
아버지께서 효수 당하신 지가 벌써,
29년이나 지났는데도 이번에
아버지를 닮은,
꿈에서 수없이 보았던
허옇게 웃으시는 아버지를 보았습니다.

어머니 또한 난이 일어났다는 소식을
듣고 제일 먼저 아버지를
떠올려셨겠지요
그래서, 멀쩡한 저를 보시고는
안도감에 그 자리에 털썩,

주저앉으셨지요

아버지께서 효수당하시고 난 뒤 어머닌
저를 업고 몇 번이나 저수지가에
신발을 벗어놓았다지요
아버지에게 당한 양반 지주 아전들의 횡포에
도저히 살 수가 없었겠지요
하지만 어린 제가 이유 없이 우는 까닭에
다시 신발을 신고 컴컴한 집으로
되돌아오곤 했습니다

어머니
그래도 어머니를 지킨 건
이웃이었다고 마른 웃음 머금으며 말씀하셨지요
소작농 몽땅 떼이고 먹을 것이 없어 굶는 날이면
양반 지주 아전들의 눈을 피해 슬그머니
부엌에 갖다 놓은 보리 고구마가
어머니와 저를 살리셨지요
하지만 어머닌
밤마다 가위에 눌러 밤새 식은땀 흘리며
끙끙 앓으셨습니다

제가 좀 커서 그런 날이면
부엌에서 물을 떠다 어머닐 깨우고 드리면
어머닌 아무 말씀도 없이 저를 안고
끄억끄억 소리도 나지 않는 울음을
온몸으로 토하셨지요
아버지와 함께 했던 가족들은
뿔뿔이 흩어지거나 짐을 싸
타관으로 떠났습니다 하지만 어머닌,
죽어도 이 땅을 떠나지 않겠다고
아버지의 숨결이 남아 있는
이 집을 떠나지 않겠다고 저를 안고
말씀하셨습니다

문득 예전의 일이 생각납니다
아버지께서 효수당하신 후
어머닌 장삿길에 나섰지요
아전을 비롯해 양반 지주들의 등살에
소작은 아무도 주지 않고
그래도 저는 어머니 손 잡고 따라다니는 길이
좋았습니다 이 고을 저 고을 돌아다니다 겨우 얻은
보리밥 한 그릇에 어머닌,

난 배부르다 밀어놓고 철없는 저는
어머니는 먹지도 않는데 왜 항상 배 부를까
꾸역꾸역 한 톨 남기지 않고 다 먹어치우면
어머닌 초승달같은 하얀 미소를 지으며
저를 바라보셨지요 그러다가,
제일 먼저 뜨는 별, 샛별을
오랫동안 바라보고 계셨지요 하지만
저는 나중에야 알았습니다
어머니가 바라보고 계신 것이 별이 아니라
새일지도 모른다고요
가슴속에 펄펄 살아 있는
날고 싶은 몸부림
새일지도 모른다고요
아니 아니, 혹은
아버지일지도 모른다고요
눈만 감으면 손에라도 닿을 듯
선명하게 떠오르는 붉은 얼굴
아버지일지도

–상주 함창 고을못에
연밥따는 저 처녀야

연밥 줄밥을 내 따주께
이내 품안에 잠을 들게
(이후후후후)

잠들기는 어렵잖아도
연분없는 잠을 자리

연분이 따로 있나
자고나면 연분이지

제13장

어머니

난이 일어난 것은
관남지 준설공사 때문이었습니다.

관남지는 함창의 가장 넓은 들인
아랫들에 물을 대는 못인데
매년 흙이 쌓여 차츰 매워져가고 있었지요
매년 봄 가을 속오군이 검열할 때

이들을 부려서 공사를 했는데
군병이 없어져서 마을 사람들에게
무상 강제노역인, 요역을 시켰지요

못일은 형식적으로 향회에서 논의되어 시행되었지만
실제론 수령의 지시에 의한 것이나 마찬가지였습니다

집집마다 배정되어 나이가 많아도
몸이 아파도 꼭 나가야 했습니다
못 나가면 일꾼을 사서라도
부역에 내보내야했지요

마침 제가 외가에 갔을 때
큰외숙부께서 병환으로
부역에 나갈 수 없는 지경이었습니다.
사람을 살 돈도 없고 제가
자청해서 부역에 나갔지요
큰외숙부께선 아버지가 효수당하신 후
우리집을 돌보아준 은인이기도 하지요

먼저 일어난 동네는 상서면이었습니다

이곳은 늦게 개간된 지역이라
천수답이 많아 가난한 곳이었는데
관남지는 이곳에 아무런 혜택을
주지 못하는 못이지요 그러니
자신들의 논과 아무런 연관 없는 못에
부역을 시키니 불만이
보통 아니었습니다.

이회를 열었습니다 남노선이
앞장서서 관으로 가 등장하기로
결정했습니다

그 와중에 이방 김규목은
관남지의 직접 혜택을 받는
아랫들 논주인들에게 2백여 냥을
거두어 착복했습니다

농민들의 원성이 높아져도 수령은
어떠한 조치도 내리지 않았습니다
수령과 함께 착복한 거라고 소문이
자자했습니다

–머리 좋고 키 큰 처녀
줄뽕낭케 걸앉았네
울뽕줄뽕, 내 따주께
명주도포, 날 해주게

제14장

관남지 준설공사에 특히,
양반들의 불만이 컸습니다
몰락한 양반들이지요

한 집에 한 명은 꼭 나가야 되니
머슴 있는 집은 머슴을 내보냈는데
머슴이 없는 집은 버티기도 했습니다

윤학선은 조상 묘소 청소한다며
70리나 떨어진 곳에 갔고
어떤 이는 벌초하러 어떤 이는
처가에 일이 있다며 갔지요

수령이 직접 순찰을 했는데

다음부터 모든 양반들도
나올 것을 명했지요
수령 모시고 간 도사령은
농민들을 심하게 부리면서
채찍으로 때리기도 했습니다
이 때문에 사람들의 원성이
높아갔습니다

일이 끝나고 집으로 오는 길
달빛에 그림자가 길게 흔들렸습니다
넌 누구냐
넌 누구냐
농민들은 흔들리는 그림자에
손가락질을 했습니다
그림자도 농민들을 향해
손가락질을 했습니다
넌 누구냐
넌 누구냐

어머니

하지만, 농민들이 불만이 많은 것은
꼭 관남지 준설공사 때문만은 아니었습니다
계속돼온 아전들의 횡포와
과도한 세금납부 때문이었지요
관남지 준설공사는 이들 불만에
기름을 부은 격이랄까요?

1862년 임술년,
아버지가 효수당한 지
29년이 지났건만
과도한 세금포탈로
농민들이 살기가 어려운 것은
매양 똑 같습니다
어째서 살기가 더
나아지지 않는 걸까요

웃음소리 노랫소리
지주집 양반집 담 넘어오고
곡간에
쌀 넘쳐나는데

아전들은 부정을 저지르기 쉬워서
간지(奸吏)라고 부르더군요
아전의 직책을 돈으로 사고 팔기도 하고
고을의 유력인사와 결탁하여
부정의 규모가 매년 더 커진다고 했습니다
또한 자주 교체되니 직책에 있는 동안
많은 수입을 뜯어내려고 합니다

아전뿐만 아니라 고을 수령도
마찬가지였습니다 돈으로 관직을 산
수령은 본전을 되찾기 위해 수탈에
온 힘을 쏟지요 그래서
고을 사람들 사이에 말이 관리지
실상은 강도와 다름없다고
탄식을 합니다

–동해동천 돋은 해는
일락서산 걸앉았네
여기 꼽고 저게도 꼽고
골골마다 연기나고
우러님은 어데가서

(저물어도), 아니오네

제15장

'이유도 없이 죄를 지어냈다'
이런 말이 나돌았습니다
불효했다고 죄를 씌우는 것은 기본이고
불목, 가족간에 화목하지 않다고
음행 잡기같은 개인 생활 문제를 빌미로
돈을 뜯어냈지요
재산을 탕진하고 집을 날렸다,
는 사람들이 한두 사람이 아니었습니다
이렇게 해서 뜯어낸 돈이 자그만치
5-6만 냥이나 되었다고 합니다

특히 이방 김규목이 탐학에 앞장섰는데 챙긴 것이
1만 냥이 넘었다고 합니다

세금을 담당하며 국가에 납부하는 각종 조세도
빼돌려 4-5천 냥을 착복했다고 합니다

농민들의 불만중에 호포문제도 컸습니다
양반이 2냥 평민이 4냥 납부해야 했는데
양반에게 8전 평민에게 1냥 6전을 더 배정했지요
평소에도 더 많은 돈을 내야 했던
평민들의 불평불만 하늘을 찌를 듯했습니다

4월 관에 필요한 물품과 재용을 위한 수미가를
올리기로 사족세력의 중심체인 향청에서 정했습니다

하지만,
농민들의 원성이 심한 것을 안
경상감사는 허락을 하지 않았습니다

6월
또 향회를 소집 수미가를 올리려고
한동안 아전에서 물려나 있던
김규목을 이방으로 임명했습니다

김규목은 사족세력들과 수미가를
올리기로 결정을 해놓고
마치 농민들이 향회를 열고

자원한 것처럼 의송을 감영에
올렸으나 또,
허락받지 못했습니다

7월
김규목이 나서서
다시 향회를 열었습니다
향회에 참석하지 않는 자는
‘잡아들여 형으로 다스려야 한다’ 고
협박 사또의 분부라고 강요
반대는 아예 못하게 해놓고선
수미가를 올리기로 했습니다

가을걷이가 끝나기가 무섭게 곡식을 걷어가서
빼돌린 장부에만 춤추는 텅빈 곡간을 채우기 위해
농민들에게 강제로 수미가를 올리려고 했던 것입니다
농민들은 허탈했습니다

어둠이 낮게 깔려오면 지게를 지고
집으로 돌아오는
달빛 밝은 밤

꾸겨진 그림자는 앞서가며 비틀거리고

하지만,

어머니

농민들은 관을 두려워했기에
수령과 아전들에게 수탈을 당해도
곧바로 행동으로 저항하지,
않았습니다

가슴속에 들끓는 붉은 피
미치도록 뜨거워도 뜨거워도
짐승만도 못한 삶
이리 살아도 되는가 몇 번이나
맨주먹 쥐어보아도
두려움, 나를 번번이 배반하는 나약함
내 속에 무언가 있어 누군가
자꾸만 나를 나약하게 만드는 뭔가가 있어
농민들은 뜨거운 가슴을 어쩌지
못하는 나날이었습니다

결국은 관남지 준설공사의 부역이
그동안 쌓인 불만을 폭발시켰지요

—아픔가슴을 움켜를 쥐고
어지러운 사바세계
의지할 곳이 전혀 없어
세상미로워 이방을 짓고
산간벽촌을 찾어를 가서
송요바람에 쓸쓸한데
두견이조차도 슬피울고
당신도 울고 아저씨도 울고

제16장

어머니

처음 말씀드렸듯 상서면 농민들이
제일 먼저 나섰지요
뜨거운 폭정으로 새들은 하늘을 날지 않고
나무는 큰 바람에도 흔들리지 않는 8월이었습니다

이미 가슴은 새카맣게 타
숯으로만 남은 분노와 절망으로 뜨거운 햇빛
남노선은 4-50명을 이끌고 등장하러
가는 길에 유정점막에 들렀습니다
잠시 후 관남지에서 일을 마친
수백 명의 농민들도 집으로 가는 길에
유정점막으로 모였습니다 농민들은
시간이 흘러도 흩어질 줄 몰랐습니다
저도 집으로 가야 한다는 생각은 들었지만
발길이 떨어지지 않았습니다

관에 불려가 볼기짝 맞은 김서방 소문으로 듣고
나는 저보다 낫다고 잘못하면 벌을 받아야지
김서방이 짓던 소작이 눈에 선하게 떠오르는
하얀 달빛 받으며 걷던
이 알량한 욕심, 후회 막심한
나날들

하지만, 문득 정신 차리고 주위를
돌아보니 나와 같은 시커먼 얼굴들,
우리는 서로 소작 많이 차지하려는

적이 아니라 같이 고통받는 나약한
농투성이
그래, 우린 혼자가 아니야
가슴 뜨거워오고 부딪치는 눈빛속에
나의 울분 분노가 거기 있었네
우리는 하나다 폭발할 것 같은
열기가 시퍼런 하늘로 솟구쳐 올랐습니다

자연스레 민회가
열렸습니다

이 일을 마치자면 집에는 보리양식이 부족하다. 처자를 봉양하
지 못할 것 같다
이 고을 모든 사람들이 겪는 어려움이니 모두 등소하자. 또한
수미가 문제도 동시에 등장하자

밤마다 감나무 혼자 서럽게 울고
비루먹은 개 꼬리를 사타구니에 감추고
짖지도 안 하는 밤
살이 통통하게 오른 지주 양반들의 개만
지나가는 농민들 보고 짖을 뿐

우리는 사람이 아니었어
우린 인간이 아니었어 지주 양반집
개만도 못한 인생
달은 저 혼자 서럽다 서럽다,
우는 날이었습니다

토호들은 겁을 먹고 가족이 아프다든지
소가 병이 났다는 둥 핑계를 대고
슬그머니 집으로 돌아갔습니다

결국 많은 사람들의 의견을 묻고
힘을 모으기 위해 온 고을에 통문을
보내기로 하고 집으로 돌아갔습니다
저 놈의 노을 왜 저리 붉은가,
가슴이 저려왔습니다

어머니
놀랍게도 다음 날 아침
1천여 명이 모였습니다
우리가 이렇게 많다니요 농민들은
힘이 불끈 불끈 솟아올랐습니다

비굴했던 삶이

나약했던, 한번도 용기 있게 살지 못한

삶이 서러웠습니다

빼앗기기만 했던 삶이

항상 허리 굽혀 살던 생이

이건 아니지

이건 아니야

어디 숨어 있었던가, 이 용기

강경해졌고 분위기는

고조되었습니다

열심히 사는 것이

나라를 위하고 나를 위한

것인 줄 알았습니다

나라가 잘 돼야

양반 지주가 잘 돼야

내가 내 가족이 잘 되는 줄 알았습니다

하지만,

그게 아니었습니다

등장은 등장이고 농민들에게 해를 끼친 사람들부터 버릇 고치자!
옳소!
이방 김규목의 목부터 땁시다!
호방의 목도 따자!
불끈 쥔 주먹이 햇빛을 뚫고
하늘로 치켜올랐습니다
나르던 새들이 깜짝 놀라 서둘러
둥지를 찾아 떠났습니다
술렁이는 분위기에 뜨거운 열기가
서서히 달아올랐습니다
그늘 한 점 없는 뙤약볕에서 반짝,
빛나는 이마의 굵은 주름
우리는 누구인가
우리는 누구인가
지나온 굴욕의 시간이 가슴을 쳤습니다
우린 짐승만도 못한 삶이었어
우린 인간도 아니었어
금방이라도 터질 것 같은 핏발선 눈
우리를 탐학했던 무리들을 다 때려죽여라
우리의 목숨줄을 가지고 장난질 친 무리들을

모두 죽여라

울분에 찬 함성이 하늘을 찔렀습니다

앞에 나선 사람들도 통제가 되지 않을 정도로 강경해졌고

당장이라도 무슨 사단이 벌어질 것 같았습니다

이경화가 종이로 깃발을 만들어

대나무에 달았습니다

김규목은 농민들이 벼르고 있다는

소식을 듣고 이방 자리를 내놓을 테니

다른 사람으로 바꾸어 달라고 수령에게

고하고선 뒷산에 숨었습니다

다급한 수령은 가는 실눈을 뜨고

좌수를 불러 명했습니다

수미가는 아직 결정되지 않았고, 관남지 준설공사도 농민들이 원하지 않으면 정지하겠다고 일러라. 이밖에 다른 원망이 있으면 한두 사람이 와서 호소하고 나머지는 돌아가도록 회유하라

농민들의 분노 원성을 제대로

파악하지 못하고
조금이라도 더 농민의 피를
빨아먹어야겠다는 굳은 일념으로
수령은 꽁무니를 빼려고 했지만,

—에헤에
밤이면 이불을 깔고
소불알 같은 젖통을 쥐고
이렇쿵 저렇쿵 하다가보니
새농부가 또하나 생겼네

제17장

이미 각 동네에 통문을 보냈다. 일제히 모인 후에야 조처할 수 있으니 그대는 빨리 돌아가시오

평소에는 하늘처럼 보이던 좌수도
농민들의 눈치를 보며 옆걸음으로 다가가
수령의 명으로 애원했지만
남노선 이장하 이장운은
현혹되지 않았습니다

농민들과 눈 한번 마주치지 못한 좌수는
황급히, 쫓겨나듯 자리를 떠났습니다

어머니

처음에는 수령을 공격하려고 하지
않았습니다 농민들에게 폐를 끼친
자들을 징치하려고만 했지요

좌수가 수령에게 보고하니
이방을 교체하고 병교 김재원을 불러
모두 잡아들이라 했으나,
병교와 좌수가 유정점막으로 갔을 때는
그 사이 더욱 더 많은 사람들이 모여
위압적인 분위기에 말 한 마디 하지 못하고
도망쳤습니다
마치 똥마려운 강아지 모양의 좌수와 병교를 보고는
농민들의 사기는 충만했습니다
아직 행동을 하기 전인데도 이렇게
사람이 많이 모인 것만도 저들이 겁을 내는구나
똥마려운 강아지가 되는구나

뭉치니까 우리를 업신여기지 못하는구나
두려움은 사라지고 용기,
불끈 쥔 주먹에 희망이 불타올랐습니다

피비린내 나는 노여움
비굴했던 삶
시퍼런 하늘엔 낮달이 울음을
참다 참다 마른 하늘 천둥을 토해내고
두 팔뚝엔 거역의 푸른 심줄
가라 가라
일어서라 일어서라

보고를 받은 수령은 도사령 최봉개를
불러 자신을 지키라고 명했습니다
모든 사령들이 관아로 집결했습니다

마침내, 수천 명의 농민들이
미리 준비한 깃발을 영기로 삼고
읍내로 향했습니다 뽀얀 먼지가 일어
하늘을 가렸습니다 개들은 서둘러 꼬리를
사타구니에 감추고 집 안으로 들어갔습니다

먼저,

향교 장의 김홍묵의 집으로 갔습니다

검은 기와를 머리에 인 태산 같은 집

37칸의 궁궐같은 기와집 굳게 닫힌 문

문을 여시오

평생 농사밖에 모르던 시커먼 손들이

문을 두드렸습니다

문을 열지 않으면 때려부수겠소

하지만 이미 김홍묵 가족들이 도망간 집에선

아무런 기척도 없고

쾅!

쾅!

쾅!

농사짓던 낫으로 문을 찍었습니다

농사짓던 괭이로 문을 내리쳤습니다

농사짓던 삽으로 문을 찍었습니다

마침내, 거대한 문이 부서지며 옆으로

기울었습니다

와!

농민들은 문을 밟고 안으로 들어갔습니다

넓은 마당, 엎드려 마루에 앉은 김홍묵을
우러러 보던 곳 두렵기만 한 곳
하지만 개미 새끼 하나 지나가지 않고,
없다!
도망갔다!
짚신을 신은 채 사랑채 방마다 문을 열어보던
사람들이 소리쳤습니다
불을 질러라!
방마다 짚단에 불을 붙여 던졌습니다
작은사랑채도 안채도 순식간에
불길에 휩싸였습니다
농민들은 환호성을 질렀습니다

평소 농민들을 못 살게 굴던 향인들의
집들을 한 집도 빠지지 않고 찾아다니며
사랑채
안채
별채를
불
태
웠

습

니

다

기둥에 새끼줄을 묶어 여러 명이

당겼습니다 지붕이 쿵쾅쾅! 무너졌습니다

불기둥이 하늘을 찌르고 붉은 불티가

꽃, 꽃처럼 하늘을 수놓았습니다

와!

와!

농민들은 두 손을 치켜들고

환호성을 질렀습니다 언제 농민들이

이렇게 할 줄 누가 알았겠습니까

불길은 삼십 리 밖까지 훤했고

더욱 더 많은 농민들이

모여들었습니다

어머니

이제 그들은 굽실거리기만 했던

무릎을 꿇던 그 옛날의 농민이

아니었습니다

당당한 표정 자신감 있는 행동이었습니다

읍내로 계속 가다 현감의
선정비를 보았습니다
저것도 때려부수자
누군가의 말에
쇠스랑이
괭이가
삽이
순식간에 선정비를 무너뜨렸습니다
농민들은 발로 짓밟기 시작했습니다
이렇게 힘 없는 비라니

그 비는 2월경 수령이 부임한 지 1년 쯤 되었을 때
세운 것으로 비각까지 세웠지요
그 비에는
"백성을 사랑하는 맑은 덕을 기렸다"
이렇게 적혀 있었습니다 그때
쓰러진 선정비에 하얗고 물컹한 것이
하늘에서 떨어졌습니다 날아가던 새들의
똥이었습니다 글자 백자와 맑자 위에

떨어져 무슨 뜻인지 알 수 없게 되었습니다

—쾌지나 칭칭나네
노류장화를 꺾어들고
어지 아래 청춘이라도
백발을 보고 반절을 마라

제18장

이번엔 김홍묵의 37칸보다 더 큰
57칸 이방 김규목의 집은 ㅁ자 형으로
큰사랑채 작은사랑채 안채 별채
곡간채 행랑채……
저것이 이때껏 우리의 피땀으로 지은 것이냐
저 곡간에 가득 찬 곡식이 우리가
땡볕에 생똥 싸며 지은 것이냐

곡식을 꺼내고 어물을 꺼내고 비단을 꺼내고
이제는 강탈하지 말라고 짚단에
불을 붙여 집어던졌습니다 순식간에
곡간은 불길에 휩싸였습니다

이미 도망가고 없는 큰사랑채에도
작은사랑채에도 안채에도 별채에도
불길은 하늘 높이 치솟았습니다
기둥에 새끼줄을 묶어 여러 장정들이 잡아
당겼습니다. 우지직! 쿵! 꿈쩍도
하지 않을 것 같은 태산같은 기와집이
쉽게, 너무나 쉽게 무너졌습니다

와!
와!
농민들은 눈물을 흘렸습니다 옆 사람과
부둥켜 안고 웃으며 울었습니다

김규목은,
여러차례 이방을 맡을 정도로
권력이 막강했는데 그만큼
원한도 컸지요
함창 땅의 사람들이 김규목의 고기를 먹기 원한다,
라는 말이 나돌 정도였지요

또한 그 죄상을 살펴보면

소 터럭을 뽑는 것처럼 이루 다 셀 수가 없다,
라고 할 만큼 죄가 많았습니다

아전들과 관과 관련있는 읍내사람들은
동조하지 않았습니다
자기 집이 불타는 것을 본 김규목은
읍내 사람들을 동원해서 관청에 있는
무기를 꺼내 대항하려고 했지만
분노에 찬, 세상을 뒤덮는 함성에
지레 겁을 먹고 다시 비루먹은 강아지마냥
산으로 도망쳤습니다

처음부터 적극적인 사람들이 대부분이었지만
어떤 사람은 겁을 먹고 뺑소니친 사람도
있었습니다 김규목의 집을 불태울 때
자식이 병난 것을 구실로 집에
돌아가기도 했습니다
평소에 하늘 같았던 김규목이 후에
어떤 만행을 저지를지
속에 늑대가 들어있는 김규목이 언제 또
목을 조를지 농민들은 후환이 두려웠던 거지요

한번 죽을 만큼 당한 사람은 꿈에서도 가위에
눌리던 사람들은 쉽게
상처를 감당하기 힘듭니다
하지만 대다수 농민들은
결연히 질서를 지키고 불을 지르는데
주저하지 않았습니다 오히려 서로
먼저 불을 지르려고 다툴 정도였습니다

어머니

전 그 사람들에게서 아버지의
얼굴을 보았습니다
핏발선 눈동자에서 불끈 쥔 주먹에서
불 붙은 짚단을 든 손에서 아버지를
보았습니다 그토록 보고 싶었던 아버지가
농민들 속에 있었습니다

–떡이라고 준 떡을 먹어보니
에헤이야 후후야 저로 한다
언제 먹던 떡이 시어서 못 먹겠는데
에헤이야 후후야 저로하네

제19장

우리가 땀을 흘린 곳이니 다시 한번 둘러보고 싶다
농민들은 관남지에 모였습니다
그리고 앞으로의 계획을 논의했습니다

어머니

관가를 치기로 했습니다
농민들이,
하나같이 관을 공격하기를
원했습니다

그동안 각종 세금포탈로 원한이
쌓였던 게 분출했지요

아전들이 잘못한 것도 수령의
지시나 방조 때문이라고 농민들은
생각했습니다

농민들은 자신들의 힘을 느꼈습니다
함께 하니 그동안 호랑이보다 더 무서웠던
양반 토호들도 아전들도 전혀
무섭지가 않았습니다 저들이
꼬리를 내리는 순간 농민들은 자신감을
이제껏 한번도 느껴보지 못했던
자신감을 가졌습니다 그동안
비굴했던 삶
자면서도 가위눌렸던 삶
짐승만도 못했던 삶
뜯기기만 했던 삶
하지만,
이제는 주인이 되는 삶을 농민들은
알았습니다 가만히 있으면 당한다는
사실을, 우리 것 스스로 지켜야 하고
빼앗긴 것을 되찾아야 한다는 사실을

어머니

농민들은 이제야
잘못 살아온 과거에 대해 후회했고

진정 이 땅의 주인이 되는 길을,
택했습니다
한번 불 붙은 분노의 열기는
하늘로 치솟았습니다
관을 공격한 것은 나라를 공격한 것이
아니었습니다
나라란 무엇인가
나라는 우리에게 어떤 존재인가
어쩌면 찬 새벽 이슬 맞으며 들에 나갈 때도
잠 못 이뤄 밤새 뒤척일 때도
뒤통수에 달려붙던 의문
나라는 무엇인가

하지만,
어머니
농민들은 관을 공격한 것은
잘못된 제도를 바꾸자는
탐학에 젖은 수령을 혼내주자는 의미였지
나라에 대한 공격은 아니었습니다
아직은 나라를 믿었습니다
등소를 해도 듣는 둥 마는 둥 하니

관을 공격해 우리의 요구를 들어달라는
소박한 마음이었습니다

남일원이 못 가운데 있던 깃발을
들었습니다 영기를 든,
것이었습니다 이제부터 남일원이
앞장선다는 의미였습니다

관에 쳐들어간다
가슴은 뛰고 두 팔에 힘이 들어갔습니다
이제는 아전들 몇 토호들 몇이 문제가 아니었습니다
수령을 공격한다는
나라 임금이 임명한 수령을 공격한다는 의미였습니다

농민들은 환호성을 지르고
화답하는 의미로 머리에
흰 두건을 쓰고
손에는 몽둥이를 들었습니다

가자!
가자!

가자!

와!

와!

와!

농민들은 옆의 사람에게 뒤질세라

서로 앞다투어 관으로 달려갔습니다

억눌렸던 분노가 화산이 폭발하듯 터졌습니다

산이 환호하고 땅이 흔들렸습니다

동네 개들은 집에서 나올 생각을 안 하고

구들장 짊어진 노인들은 지팡이 짚고

따라 나섰습니다

백일홍이 농민들의 열기에 후두둑

붉디 붉은 꽃잎을 떨어뜨렸습니다

쾅!

쾅!

쾅!

굳게 닫힌 문을,

농사짓던 손으로

두드렸습니다

문을 여시오

문을 열어라
하지만 문은 꿈쩍도 하지 않았습니다

얼마나 시간이 흘렀을까요
쿵!
쾅!
쿵!
쾅!
농사짓던 괭이로
농사짓던 삽으로
농사짓던 낫으로 문을 내리칠 무렵,
문이 삐거득 소리를 내며,
열렸습니다 사령이 앞을 막아 섰습니다
비키시오
농민들은 관아 마당으로 들어섰습니다
하지만
멈칫,
앞장선 농민들은 걸음을 멈추었습니다

눈에 먼저 들어온 것은 동헌이었습니다
마루 위에는 수령을 비롯해

좌수 안세로 이방 김성률 호장 김재려가 있었고
수형리 김상호 등과 책실 통인 도사령과 사령들
시중을 드는 급창 관노 일용등이
마루 아래에 있었습니다

앞장선 이들은 잠시 서 있었습니다
동헌에 뛰어오르는 일은 함부로
하는 것은 아니었습니다 그건
처벌의 대상이었고 일을 확대시키는
계기가 될 수 있었습니다

아무도 앞으로 나서지
않았습니다
동헌에 올라서거나 앉을 수 있는 사람은
수령이거나 상층 관리 뿐이었지요

농민군들은 동헌을,
바라보았습니다
바람에 실려오는 통곡,
두려움,
비겁했던 나날들,

큰 나무는 가지를 넓게 뻗어
주위에 나무나 풀들이 자라지
못하게 한다지요
큰 나무 주위는 햇빛을 막아 그늘이
생겨 곡식도 되지 않는다지요
베어야지요 베어내야지요
베어내야 할 텐데

동헌 마당엔 바람도 불지 않고
백일홍은 왜 저리 붉은가

긴,
침
묵
이
흐
르
고

담배

한 대,

두 대,

세 대,

피울

참이

지났을 무렵,

끌어내라!

끌어내라!

농민들의 웅성거리는

소리가 났습니다

끌어내라!

끌어내라!

처음엔 한두 사람의 목소리가

점차 뭉개구름처럼 부풀어오르기

시작했습니다

농민들의 번들거리는 주름진

이마엔 하이얀 햇빛이 내려앉았고

마당엔 푸른 원귀들이

뒹굴고 있었습니다

끌어내라!!
끌어내라!!
끌어내라!!
끌어내라!!
천둥소리는 더욱 커졌습니다

마침내 함성소리에
대지가 흔들렸고,
수령은 얼굴이 하얗게
변해 어쩔 줄 몰라했습니다

갑자기 돌개바람이 일고 또다시
비굴하게 살 것인가 또다시
부끄럽게 살 것인가
낮달은 저 혼자 속울음 삼키고

우린 도적이 아니다
우리가 지은 곡식 찾으러 왔다
그동안,

우리가 피땀으로 지은 쌀로 너희들은
얼마나 배불리 먹었던가
우리가 지은 비단으로 너희들은
얼마나 몸치장을 했던가
손에 흙 한번 안 묻힌 너희들은
푸른 핏줄 튀어 나온 팔뚝에
흙바람 불었습니다

마침내,
남일원이,
몽둥이를 휘두르며 대청에,
올라갔습니다 뒤이어
다른 농민들도
우르르
올라갔습니다
수령을 지키던
사람들은,
대청마루 아래로
쫓겨났습니다

농민들이

아전 양반으로 보이는 자는 모두 밟아죽이겠다,
고 고함치자 관아에 있던 사람들
대부분 도망쳤습니다 병교 김재원도
그때 도망쳤습니다

일부 농민들은 사람을 다치게 하지
말라는 지도부의 말을 듣지 않고
말리는 그들을,
오히려 구타할 지경에 이르렀습니다

—우리야 농부들 불쌍하다
먹고나며는 호메이로다
땅파기가 일이로구나

제20장

어머니

마침내 수령을,
동헌 마당에 끌어냈습니다
감히 앞에선 얼굴조차 못 들던

우리의 목숨줄을 쥔, 수령을 말입니다

남일원이 완력으로
도살장에 끌려가는 소마냥
완강히 버티던 수령을
동헌 마당으로 끌어냈을 때

와!
와!!
와!!!
농민들은 두 팔을 높이 치켜들고
환호성을 질렀습니다 믿기지 않는 듯
꿈인지 생시인지 들뜬 목소리로 천둥소리마냥
바람 한 점 없는 시퍼런 하늘을,
찢었습니다

어머니
어머니,

그때,
아버지의 목소리가

들렸습니다
와!
하는 함성 속에서,
아버지의 포효소리를
들었습니다

여기도
아버지의 함성,
저기도
아버지의
함성이었습니다

농민들은 껑충껑충
뛰며
와!!!!!!!!!!!
함성을 질렀습니다
옆사람의 어깨에 팔을 두르고
펄쩍 펄쩍 춤을 추었습니다

몸이 하늘로 솟아오르는 것 같았습니다
우리가 언제 이렇게 소리 지른 적이 있었나요

언제 이렇게 옆사람과 어깨동무하고
덩실덩실 춤 춘 적 있었나요

어머니,
29년 전 아버지께서도 덩실덩실,
춤추셨겠지요?

하늘같은,
평소엔 얼굴조차 똑바로 볼 수 없었던
수령을,
동헌 마당으로 끌어내다니요

어머니
어머니,

동헌 마당이 어떤 곳입니까
공포의 장소가 아닙니까
재판이 있을 때 무릎을 꿇고
수령과 아전을 우러러 보던,
곳이었고
곤장을 맞던 곳이었고

호소하던 곳이었고
그러다가 더러,
더러 죽어나가던 곳이었지요
그런 곳에 수령을 끌어내다니요

봄은,
아지랑이 피워오르는 햇살에서
저 남녘에서 오는 것이 아닙니다
봄은
우리 농사꾼의 가슴에서
가슴이 땅으로
땅에서 비로소 새순이 봄은
그렇게 시퍼런 가슴에서
온답니다

농민들이 흥분의 도가니에 빠져 있을 때
누군가 누추하고 덮개도 없는 가마를 가져왔습니다
농민들은 숨을 죽이고 수령을 노려보았습니다
이제는 무섭지도 아니,
가엽기조차한 수령을
동헌 마당에 비스듬히 앉아 있는 수령을

바라보았습니다

잠시,
침묵이
흐른 후

타시오

남일원의
칼날같은
말
한 마디

수령은 고개를 숙인 채
앓산 만한 몸을 뒤뚱이며
올라탔습니다
누군가 가마를 들어올려
문쪽으로 발걸음을 뗐습니다

농민들은 두 손을 높이 치켜들고
초승달 같은 웃음을 지으며

가마의 뒤를 따랐습니다

문을 지날 무렵,
가마 손잡이 하나가 갑자기 부러지고
수령은 가마에서 굴러, 떨어졌습니다
수령은 기절을 했고,
왼쪽 어깨에 상처가 나고,
군데군데 피멍이 생겼고,
옷이 찢어졌습니다

우하하하!!!
푸하하하!!!

웃음소리가,
하늘 높이 치솟았습니다 이제는 익숙해진
웃음이 터져나왔습니다
지금껏 한번도 제대로 웃어보지 못한
농민들은 이제 죽어도 여한이 없다는 듯
웃음을 참지 못하고 옆사람의 어깨를 치며,
웃었습니다

우연이었습니다
작정하고 그랬던 건 아니었습니다
근데 지금 곰곰이 생각해보면 누군가,
일부러 그랬다는 생각이 듭니다
그렇게 쉽게 부러질 가마가 아니지요
썩은 가마를 가져온 것일까요

멀리서 눈치를 보던 통인이 달려와
수령의 몸을 주무르다 농민들의 위압에
도망치고 말았습니다

잠시후 수령은 정신을 차렸고 남일원은
준엄히 소리쳤습니다
일어나시오
수령은 초점없는 눈동자를 두리번거리다
비틀, 거리며 겨우 일어났습니다

이제 가마를 버리고 수령을
객사의 문루인 명은루와 북망헌을 지나
객사로 끌고 갔습니다

객사는 왕의 궐패를 모셔두고
왕명을 받들던 곳이었지요 왕의 이름으로
수령을 징치하기 위해서였을까요

수령은 통인 김갑출과 책실 관노 일용의
부축을 받아 객사에 겨우 갔습니다

농민들은 수령을 부축하는 자들이 괘씸하다 하여
관노 일용을 걷어차고 책실을 때렸습니다
통인은 이미 마루 밑으로 숨은 상태였습니다
평소에 수령의 힘을 믿고 농민들에게
패악을 저지른 자들이었습니다

남노선 이장화 남일원 이장운은 수령을,
객사 대청에 앉히는 것은 잘못된 일이라고
동쪽 담장 아래로 끌고 갔습니다
이미 수령의 자격이 없다고 보았지요

이제는 수천 명으로 늘어난 농민들은
객사 대청에 앉지도 못하고 담장에
기대어 있는 수령을 바라보았습니다

쯧쯧, 혀차는 소리가 났습니다
죽여버려라
몇몇이 소리쳤고
돌멩이가 날아왔지만
대부분 농민들은 수령을 지켜보기만 했습니다

-노자 좋다 젊어 노자
늙어지며는 못 노나니
젊어 청춘 노다보자

제21장

수령은 남노선의 손을 잡으며
하소연 했습니다
왜, 왜 이러시오 살려주시오
남노선은 단호하게 대답했습니다
때가 다 된 거 아니겠소

농민들은 수령의 옷소매를 부여잡았습니다
인부(印符)를 내놓으시오

인부는,

수령의 직책에 해당하는 도장인 인신과

군사를 움직일 수 있는 나무패로 되어 있지요

수령의 상징입니다

나는 모르오

수령은 주위를 둘러싼 농민들을 둘러보다

눈을 감고 고개를 숙인 채 말했습니다

남노선 이장화 남일원 세 사람은

수령의 양손을 꼭 잡고 옷에서

인부를 찾았으나 없었습니다

알고 보니 인부는,

농민들의 항쟁이 일어날 즈음

위기를 느낀 수령이 통인에게 이미 맡겼던 것입니다

죽여라 살려두지 말아라

여기저기서 농민들의 송곳같은

외침이 튀어나왔습니다

수령의 황소같은 몸뚱아리가 움찔거렸습니다

남일원이 수령을 노려보며
천둥소리같이 소리쳤습니다
만약 빨리 인부를 가져오지 않으면 여기 있는 이 많은 농민들
이 그냥 두지 않을 것이오

마침내, 수령은 모든 걸 포기한 듯
힘없는 목소리로 눈을 감은 채
인부를 가져오라고 했습니다

소식을 들은 최종길은 인부를
좌수에게 주었고 좌수는
인부를 들고 수령 앞에 대령했습니다
형편이 이러니 좌수가 가지고 있으라
고개를 들지 못한 수령이 말했습니다

좌수는 머뭇거리다
인부를 가지고 물러났습니다

어머니,
농민들은 인부를 빼앗았습니다 인부는
일종의 나라를 상징하고 임금을 상징하는

것입니다 수령의 자격을 박탈한 것이지요

인부를 빼앗는 것은 나라 임금에 대항하는
것이기에 농민들은 차마 인부를 가지지 않았습니다
수령의 탐학에 대한 저항이지
나라에 대한 저항은 아니었습니다
농민들은 좌수에게 맡긴 후
좌수를 통제했습니다

와!!!!
또다시 함성이 울려퍼졌습니다.
어쨌든 인부를 수령에게서 빼앗은 것은
고을을 장악한 것이나 다름없었습니다
당신은 이제 인부가 없으니 우리 고을의 수령이 아니오
남일원이 소리쳤고
농민들은 또다시
와!!!!!!
소리쳤습니다
산을 흔드는 함성이었습니다
하얀 허공을 찢는 천둥소리였습니다

우리의

세상

아버지께서

꿈 꾸어온

세상

우리들의

세상

사람 위에 사람

없고

사람 아래 사람

없는

세상

어머니

농민들은 눈물을 흘리며

옆 사람의 어깨에 팔을 두르고

노래를 불렀습니다

-얼씨구나 좋다
절씨구나 좋다
아니 놀고는 못하리라

제22장

농민들은 전체 회의를 열고 수령을,
함창 밖으로 내쫓기로 했습니다
일부는 죽이자는 주장도 했습니다
수령의 탐학에 죽은 사람이 한두 사람이 아니며
집이 망하여 가족이 뿔뿔이 흩어진 가족이
한둘이 아니기에
당장이라도 죽이자는 그들의 주장이
힘을 얻기도 했습니다
하지만 어머니,
농민들은 수령을 함창 밖으로 쫓아내는 것으로
결론을 내렸습니다

주로 아랫사람들이 다니는
쪽문으로 수령을 데리고 나섰습니다

수령은 한 걸음 떼는 것조차 힘겨워했습니다
도사령 최봉개가 수령을 업었지만
농민들의 위압에 도망치고 대신
좌수가 손에는 인부를 들고 업었습니다

문경쪽에 있는 황새고개에 이르렀습니다
황새고개는 수령이 떠날 때 고을 사람들이
배웅하던 곳이라고 합니다

황새고개에서, 수령은 지쳐서 아예
드러누웠고 농민들이 둘러쌌습니다
남노선이 물러서라고 만류했지만
오히려 성난 농민들이 남노선을
구덩이 속으로 빠뜨렸습니다
여전히 분노가 가라앉지 않은 사람들은
그냥 곱게 내쫓는 것이 마땅치 않았던 것입니다
다행히 많은 사람들의 만류로
더 이상 폭행은 일어나지 않았습니다

여기도 함창 땅이니 경계 밖으로 내쫓습시다

남일원의 말에 농민들은 고개를 끄덕였습니다
수령은 널브러진 채 꼼짝도 하지 않았습니다
하지만 일어설 수밖에 없었습니다
호장과 수형리가 교자를 가져왔지만
농민들은 수령이 타는 것을 허락하지
않았습니다

농민들은 들것에 수령을 실은 후
문경현으로 향했습니다
물러섰거라!
농민들이 벽제를 외치기도 하고
상주아리랑을 부르며
수령을 싣고 갔습니다

아리랑 아리랑 아라리요
아리랑 고개를 넘어간다

아리아리 쓰리쓰리 아라리요
아리랑 고개를 넘어간다

드디어,

문경현의 길목인 모전점에 도착했습니다
문경현이 북쪽에 있으니 수령은
한양의 집으로 가라는 뜻이었습니다

물 좀 주시오
수령은 애타게 물을 찾았지만 그 누구도
물을 주지 않았습니다
마치 벌레라도 보듯 아예 못 들은 척
먼 곳을 보고는 했습니다

가는 동안 좌수를 감시했습니다
혹시나 인부를 수령에게 줄까 그랬지요
좌수를 향청으로 쫓아냈습니다

결국, 경계밖으로 쫓겨난 수령은
430리 떨어진 한양의 집으로 갔습니다

농민들은 수령을 내쫓고
노래를 부르며 향청으로 돌아왔습니다

아리랑 아리랑 아라리요

아리아리 쓰리쓰리 아라리요

농민들은 인부를 어떻게 할 것인가
논의를 한 후 문경현감에게 주기로 했습니다
인부를 농민들이 가지지 않은 것은
관권자체를 부정하지 않았기 때문입니다
나라 임금 자체를 부정하지는 않았지요

어머니

그때까지 농민들은 관을,
나라를, 믿었습니다
비록 해준 것 없이
빼앗기만 한 나라 그런
나라지만 부정할 수는 없었습니다

해가 서쪽으로 넘어가고 붉은 노을이
하늘을 수놓을 때도 농민들은
흩어지지 않고
고을의 통제와 앞으로의 상황에 대해
계속 논의했습니다

-백구야 날지를 마라 백구우야 날지를 마라
이 젊은 시설에 놀아를 보자
구슬프다 구슬프다 우리 인생 가연하다
늙어지니 원수로다 늙어전기 후회가 된다
가세 가세 어서 가게 우리 처소로 돌아를 가자
오늘 청춘 내일날 백발 칭칭소리가 재미가 난다
치야칭칭 나에

제23장

어머니

우리의 세상이
왔습니다

우리가 이 땅의 주인이
되었습니다

밤새 잔치를 열었습니다
농민들이 직접 지은 쌀

농민들이 빼앗긴 쌀, 그 쌀로
밥을 짓고 빼앗겼던 소를 잡았습니다
함께 하지 않았던 사람들에게도
쌀을 나누어주었습니다

어머니
이제야 농민들은 자신이 지은 쌀을
실컷 먹을 수 있었습니다
관아의 곡간에 있던 쌀은 원래
농민의 것이 아니었습니까

농민들은 어울려 술을 마시고
덩실덩실 춤을 추었습니다

아리랑 아리랑 아라리요
아리랑 고개를 넘어간다

아리아리 쓰리쓰리 아라리요
아리랑 고개를 넘어간다

일찍이,

아버지가 꿈꾸어온
세상

덩실덩실 춤추는 사람들
내
아버지입니다

어머니

아버지가 이 광경을 보신다면
얼마나 좋아하실까요

많은 농민들이 모였습니다
함께 하지 않은 사람들도
구들장 짊어지고 있던 노인들도
이제 막 걷기 시작한 아이들도
길거리로 쏟아져 나왔습니다
사람 위에 사람
없고
사람 아래 사람
없는

세상

피땀 흘려 지은 곡식을
빼앗길 염려도 없는 세상
함께 더불어 사는 세상
짐승의 시간이 아닌
사람의 시간이 되었습니다

낮에는 이방 김규목과 향인 김홍묵을
혼을 냈으니
밤에는 그동안 폐단의 주범들을 공격했습니다

먼저 수교 김정수를 공격했습니다
그의 첩 용궁녀가 세금수탈에
깊이 관여했기 때문입니다
김정수 또한 남일원에게 여종을 샀는데
돈만 받고 여종을 주지 않는다고
억지를 부려 소를 올려 남일원을 잡아가두고
여종을 빼앗은 일이 있었습니다

토호 유광수도 공격했습니다

통문을 돌리지 못하게 했고
농민들에게 읍회에 참여하지
말라고 방해를 했던 인물입니다
그와 자식들의 집 4-5채를 불태웠습니다
유광수는 이미 도망치고 없었습니다

유광수처럼 농민들의 활동을 적극 방해한
이만기도 공격을 했습니다
향교의 교임을 지낸 인물인데
집을 불태웠습니다
뒤이어 가까이 있던 권홍일의
집도 불태웠습니다

주로 비리와 관련된 아전들과 향인들의
집을 불태웠지만 관청은 손대지 않았습니다
농민들의 불만은 세금제도에 대한 불만과
수령 아전 향인들의 개인 수탈때문입니다

-세상천지 만물중에 인생밖에 또 있던가
공도라니 백발이요 못 면할 건 죽음인데
초록같은 우리나 인생

제24장

어머니

이제는
우리의
세상

사람 위에 사람
없고
사람 아래 사람 없는
세상

어깨동무하며
함께 잘
사는
세상

문경현감에게 인부를 주었습니다
예로부터 고을의 수령이 없으면

인근의 수령이 겸직한다고 합니다

문경현감이 왔을 때 농민들은 황새고개까지
마중을 나가 열렬히 환영했습니다
탐학에 물든 아전들과 향인들을 징치했으니
새로운 현감은 농민들을 위해
선정을 베푸리라 기대했습니다

하지만, 처음부터 예사롭지가 않았습니다
오자마자 주모자를 잡는다고 교졸들을
풀었습니다 농민들은 경악했습니다
이럴 수가 있습니까
잘못된 폐단을 고치고
탐학을 일삼던 무리들을 징치했을 뿐인데
새 현감은 오히려 주모자를 잡는다고
설치다니요
농민들이 모두 나섰습니다 침착하게
우리 모두가 주모자다
나를 잡아가거라 수천 명의 농민들이 서로
앞에 나서며 주모자라고 외쳤습니다
이러니 주모자를 체포할 수가 없었지요

겸직 현감은 결국
주모자 잡는 것을 포기하고
수미가나 군포를 더하는 일은 하지 않겠다. 관남지의 준설공사
도 하지 않겠다,
는 내용의 제시를 내리자 농민들은
하나 둘 흩어지기 시작했습니다
마지막까지 나라에 대해
관에 대해
희망을 놓지 않았지요

남노선 이장화 등 지도부는 등장을 통해
농민들의 정당성을 알리고
폐단을 고치려고 했습니다
그들은 향청에 도소를 설치하고 계속
향청에 머물렀습니다

남노선이 겸관에게 등장을 올렸습니다
수령의 탐학과 아전과 향인들의 비리를
상세히 적었지요

하지만, 겸직 현감에게서는
아무 답장이 없었습니다

며칠 뒤 향청에서 농민들 지도부가
회의를 하기 위해 모였습니다

어머니

농민들은,
속았습니다

그들의 숨겨진 음흉한 발톱을 보았어야
했는데 순박한 농민들은 보지 못했습니다

회의를 시작하려고 하는데 상주진의 교졸들이 들이닥쳐
지도부 전부 잡아갔습니다

어머니
이럴 수가 있습니까 시퍼런 하늘이
보고 있는데, 땅이 통곡할 일입니다
수령의 탐학과 아전 토호세력들의 비리를

알았으면 그걸 고칠 생각을 해야지요
그동안 당한 농민들을 위무해야 마땅할 텐데
적반하장도 유분수지
어떻게 앞장선 사람들을 잡아갈 수 있단 말입니까
대부분 농민들은 아무것도 모르는 사이에 말이지요

—아리랑 아리랑 아라리요
아리랑 고개를 넘어간다

아리아리 쓰리쓰리 아라리요
아리랑 고개를 넘어간다

지도부가 잡혀갔지만 저항의 기운은
여전히 남아 있었습니다
우선 급한 대로 잡혀간 사람들을 도우려 했습니다
고을 일로 사람들이 잡혀갔으니 식비라도 보태주자
농민들이 통문을 돌리려 상의하는 사이
또다시 교졸들이 들이닥쳐 이들마저도,
잡아갔습니다

우병영과 경상감영을 통해 사건의 전말을

보고받은 왕은
힘없는 목소리로 말했다고 합니다

수령이 잘 다스리지 못하여 명령을 따를 수 없으면 사실대로 등장하여 뉘우치기를 기대할 수 있고, 만일 그래도 바뀌지 않으면 감사에게 호소하는 것이 가능한데, 이러한 과정을 거치지 않고 바로 행동한 것은 탐학한 정치에 대해 불만을 터뜨린 것이 아니라 간활한 자들이 간악한 짓을 했기 때문이다

그렇습니다
구중궁궐에 있는 나라 임금은 그랬습니다
농민들은 분노했습니다
어떻게 농민들의 실상을 모르느냐
탐학에 오직 살기 위해 일어선 자신의 백성을
간활한 자들이라뇨
간악한 짓이라니요
정녕,
농민들이 수령을 잡아죽이고
관아를 불태웠어야 했나요
아전들을 잡아죽이고
양반 지주들을 죽였어야 했나요

죽음은 죽음을 부를 뿐,
살상을 하지 않았습니다
통탄할 일이었습니다
산이 울부짖고
땅이 통곡했습니다
나는 새마저 끼룩끼룩 눈물을 흘렸습니다
갈가의 느티나무도 속울음을 터뜨렸습니다
백일홍은 붉은 울음을 쿨럭쿨럭
토해냈습니다

결국
진상조사를 위해 안핵사가 파견되었습니다
아전들과 향인들도 잡혀들어가 심문을
받았습니다 하지만,
10일간의 심문이 끝났지만 탐학을 한 무리들에게
면죄부를 주는 요식행위였습니다

남노선이 올린 등장에 적힌 이들의 비위 사실은
과장되어 있다며 이들은 죄가 없으며
모든 것을 농민들의 잘못으로 돌렸습니다

결국,
상주 문경 교졸들이 앞장섰던 농민들을
모조리 잡아갔습니다

남노선 남일원 이장화 세 농민군 지도자는
꽁꽁 묶인 채 진주성에 도착
며칠 후,
진주성 북문 바깥 장시가 있는 네거리에서
효수,
를
당했습니다

어머니,

우리의
세상은 아직
오지 않는 걸까요

아버지가 꿈꾸었던
새 세상은
오지 않는 걸까요

아버지께서는
29년 전,
바람결에
새 세상이 온다고
하셨습니다

어머니

우리들의
세상
언제쯤
올까요

―태풍아 비바람아
불지를 마라
파도소리 구슬프면
이 마음도 설다

3부

농민이 읍성을 점령하다
-1894년 동학농민항쟁

제25장

아버지,

32년
전,
아버지가 효수당해 머리가
매달렸던
바로
그 곳에

제
머리가 장대에
높이
걸려있습니다

몸뚱이가 없는
머리는 바람에
흔들흔들,

붉게 타는 서러운 저녁노을

기러기떼 끼룩끼룩 울며
노을 속으로 사라지고
운명,
운명인가요
내 속의 누가 운명이라고
운명이라고
아버지도 운명이었다고
밤마다 찬바람이 붑니다

아버지

32년 전,
아버지가 보았듯
제 두 눈을 비록 까마귀가 파먹었지만
바람을 타고 오는
새
세상,
보고 있습니다

아버지,

두 번의 봉기에도 불구하고
변한 건 아무것도 없었습니다

여전히 과도한 세금과
수령의 탐학 아전들의 수탈
양반 지주들의 횡포는 여전했습니다

굴종의 세월
찢어지는 가슴
여전히 그들은 손에 흙 한번 안 묻히고
우리가 피땀으로 지은 곡식을
수탈,
수탈

해뜨기 전 찬이슬 맺힌 들을
맨발로 밟고
서럽도록 하얀 달그림자 밟고 집으로 오는 길
내가 가난한 것은 게으른 탓이고
못난 탓이라고
희멀건 흰죽 후루룩 마시고 드러누우면
뒤따라 들어온 저 놈의 달 왜 저리 밝을까

–꼽아 꼽아 여게 꼽고
저게 꼽고
반달겉이 미어주소

제26장

아버지

많은 지주들은 모든 토지를 궁방에 맡겼습니다
궁방에 맡기면 결세와 각종 세금이 면제되고
그 면제된 세금은 소작농들이 부담해야 했습니다
또한 토지에 부과되는 토지세금을
소작인에게 전가시키기도 했습니다

양반들과 지주 부자들은 추수기에
곡물을 싼 값으로 매입하였다가
춘궁기에 다시 비싼 값으로 팔아
막대한 이익을 남겼습니다
높은 이자로 이중의 수탈을 하니
몰락하는 농민들이 한두 집이 아니었습니다

권세 있는 토호들은 수십 년 전에 팔았던 토지를
당시의 가격을 주고 강제로 빼앗는가 하면
외국인과 결탁하여 사채를 통해 전답을 강제로
빼앗기도 했습니다

관에서는
저처럼 소작조차 짓지 못하는 가난한 농민들이
오랫동안 경작하지 않거나 황폐화된 토지를 개간하면
애초에 세금을 물리지 않겠다는 약속을 깨고
많은 세금을 부과했습니다
황폐한 땅이라 추수한 곡식보다 관에 내야 할
세금이 더 많을 지경이었습니다
그런 땅은 힘은 더 들고 소출은 없는데 말이지요

산그늘 지고 어둠은 금방 찾아와
집으로 가는 길
어찌할 꺼나 어찌할 꺼나
양식 떨어진 지 오래고
양반 지주집에 가서
무릎이라도 꿇어야 하나

매양 그런 날들이었습니다

아전들이 공금을 쓰고 나면
그 공금을 메우기 위해 농민들에게
새로운 명목의 세금을 만들거나
기존의 정해진 액수 이상을 거두었습니다
한 번 새로운 세금이 생기거나 더 거두게 되면
매년 관례대로 거두어 수탈은
한 해에 끝나지 않았습니다

수령과 아전들은 세금을 돈으로 받아 곡식이 쌀 때
많이 사 두었다가 큰 이익을 남기기도 했지요

농사꾼 하나 지주에게 소작 떼일 때
혹 나한테 안 주나 안 주나
소작농 떼인 이웃 생각은 안 하고
비굴했던 우리들 분노보다
체념했던 우리들이었습니다

—땅 파기가 뭔 말이냐
불쌍하다 우리 농군

불겉이도 더운 날에
땅파기가 원 일이냐

제27장

전라에서 농민들이 각 고을 관아를
점령했다는 작두날같은 소문이
돌아다녔습니다

전라 감영이 농민들의 수중에
들어갔다는 소문에 농민들의 주먹 쥔 손이
부르르 떨렸고 밤마다 잠 못 이뤄
밤새 뒤척이고
감나무 끝에 매달린 초승달,
저 놈의 달
끼륵 끼륵
기러기는 서럽다 서럽다
울었습니다

우리도 일어나자
우리도 관을 쳐부수자

농민들 두세 명만 모여도
봉기를 떠올렸습니다
밤이면 가빠지는 숨
저 전라땅에선 농민들이 주인되는
새 세상이 왔다는데, 자꾸만 빈 주먹에
힘이 들어갔습니다

아버지

농민들이 본격적으로 봉기를 준비한 것은
6월 말이었습니다
일본군은 6월 21일 경복궁을 포위하여
강제로 친일정권을 수립
갑오개혁을 추진토록 한 뒤
6월 23일 황해의 풍도에 정박 중인 청나라 함대를
공격했지요 청일전쟁의 서막이었습니다

일본군은 청일전쟁중에 부산과 서울을 잇는
주요 통로 약 80리 마다 병참기지를 설치했는데
이곳 상주에는 함창 태봉과 낙동 두 군데에 설치했습니다

농민들은 언제라도 봉기를 일으킬 수 있도록
대규모 민회를 열고 군사편제화 했습니다
척왜를 명분으로 농민들을 동원했지요
군량과 전비를 마련하기 위해 부농이나 지주층에게
강제로 헌납을 받았습니다
또한 농민군들이 집결한 곳에서
식비는 부자들에게 부담시켰습니다

전에는 인심을 잃은 지주층에게만 부담시켰는데
이제는 부유층이라고 할 만한 집은 남김없이 전곡을
강제 헌납시켰지요 그만큼 봉기가
임박했습니다

일본군을 대적하려면 총이 필요했는데
구하기가 어려워 칼 창 목봉으로 무장했습니다

그런데,
농민군내에서 갈등이 있었습니다
지도부를 구성한 동학 교도들은
관치질서를 강조해 봉기를 일으키려고 하지 않았고

농민들은 봉기를 일으키자는 입장이었습니다

최시형은,

지금 교도가 움직이면 죽고 가만히 있으면 산다,

농민들의 봉기를 허락하지 않았습니다

일부 농민들은 동학지도부를 제외시키고

독자적으로 봉기를 일으키려고

했습니다 많은 농민들이 동의했으나

동학지도부에서 강력히 만류를 했고

봉기를 뒤로 미룰 수밖에 없었습니다

화가 난 일부 농민들은 동학에서 탈퇴하기도

했습니다

그런 날 집으로 가는 길은 허탈했습니다

나보다 앞서가는 저 흔들리는 그림자

잡아주고 싶어 가까이 가면 이미

저만큼 성큼 달아납니다

저도 강력하게 봉기를 요구했습니다

악랄한 저들이 등장을 올린다고 우리의 요구를

들어줄 리 만무하지요 오히려

장두선 사람만 곤장을 맞고 쫓겨날 지경이었습니다
잔악한 저들의 손아귀에서 벗어나는 길은
봉기밖에 없는데도 동학 지도부들은
종교탄압이 두려워 머뭇거리고 있었습니다
전라의 봉기 소식이 들려올 때마다
솟구쳐 오르는 가슴의 불기둥을 어쩌지 못해
밤마다 뒤척이다 하얗게 날을 샜습니다

–지리산천 갈가마구는
어디를 가고
요내 신세 요래된 걸 모르는가

제28장

아버지

동학이 상주에 들어온 것은
아버지께서 효수당하신 해였습니다
1862년 임술농민항쟁이 좌절되었을 때
최시형은 직접 산골을 돌면서
포교활동을 했고 교세는 급신장했습니다

그럴수록 관의 기찰과 양반들의
탄압에 직면했지요

농민군은 동학의 교도들이 대부분이었지만
저처럼 동학을 믿지 않는 농민들도 많았습니다
소외된 양반들과 평민들도
많은 수를 차지했습니다

처음 동학을 배척한 것은 1863년 9월이었습니다
향내 양반들과 각 서원에 통문을 돌려
동학을 배척하려고 했고
12월에는 남인 유생들의 결속체였던 도남서원의
유사들도 통문을 돌려 배척결의를 강력히 하였습니다

동학은 반상의 귀천을 인정하지 않고 남녀의 구별이 없으며 유무상자하고 있어서 비천한 계층, 홀어미와 홀아비, 빈궁자들이 주로 모였고, 그 전파력은 놀라울 정도여서…… 동학은 이단교로서 마땅히 배척되어야 합니다

올해부터 동학교도들인 일부 양반들도
표면에 나서서 본격적인 활동을 했습니다

강선보라는 양반은 스스로 포도대장이라 칭하고
교도들을 불러모아 화북면 농민군을 장악했습니다
모동면은 접주 남진갑과 이화춘이 장악했는데
남진갑은 수천 명을 동원할 능력을
가진 이였지요

모서에는 큰 부자였던 김현영 현동 현양
삼형제가 입도하여 간부활동을 했는데
김현영은 1892년 접주에
1894년에 대접주가 되어
상주농민군의 최고지도자로서 활동했습니다

—열세 살에 시집가서 시접살이 무섭더라
밭 매러를 가라해서 밭 매러를 갔더니
왼당같이 너븐골을 미겉이도 짓은 밭을
삼세골을 매고나도 다른 사람 점섬 다 나와도
우리집 점심 안 나오네

제29장

아버지,

날이 갈수록 농민들의 봉기 열망은
커져갔습니다
갈수록 목사의 탐학과 아전들의 수탈은
줄어들지 아니 하고 오히려 늘어만 가니
몰락하는 농민들이 속출했습니다

전라도 어느 고을에는 관아를 점령했다더라
어느 고을도 점령했다더라
좀 있으면 한양으로 쳐들어간다더라

전라에는
사람 위에 사람
없고
사람 아래 사람
없는
새
세상이
되었다더라

농사짓는 사람이 땅을 가지고

일하는 사람이 배불리 먹는
새 세상이
되었다더라

농민들은 자다가도 벌떡,
일어나 주먹을 쥐었습니다

나도 어쩌지 못하는 뜨거운 가슴
저 전라엔 전봉준 장군이 전주성을 함락했다는데
농민 세상이 되었다는데
덩달아
가슴 속 피는 들끓고
만나는 농꾼마다 눈빛으로 인사했습니다
사는 것이 치욕이었습니다
사는 것이 부끄러웠습니다
짐승만도 못한 생활
봄에 진달래 개나리 피는데
낙동강은 여전히 몸을 뒤척이며 흘러가는데
이렇게 살아야 하나
온 몸에 달려붙는 생의 욕구가
치를 떨게 했습니다

관리와 지주들의 횡포는
날이 갈수록 더 심해졌습니다
봄에 빌려주는 환곡은 이미 농민들에겐
호랑이보다 더 무서운 것이었습니다

쌀에 겨나 모래를 섞어 봄에 주는 것은
기본이고 봄에 아예 주지도 않고 가을에
갚으라고 하니 집이 망해 유랑걸식하는
가족이 속출했습니다

장부로만 빌려주고 갚는 것으로 해
10%의 이자만 내는 것도 생겨났습니다
붓끝으로만 한다고 하는데,
오히려 농민들은 이 같은 걸 더
좋아했습니다 모래 섞은 쌀을 받고 갚을 땐
최상품으로 갚지 않아도 되니까요

아버지

어떻게

32년 전과 하나도 변한 게
없는지요
이럴 수가 있는지요 강산이 세 번이나
변했는데 농민들이 살기가 어려운 것도
양반 지주 아전들은 손에 흙 한번 안 묻히고도
호의호식하는 것도 매한가지입니다

아버지,
제 말이
들리십니까

권력있는 호족들은 호포징수에서
다 빠져나가고 부자들도 관리를 매수하여
공역과 같은 부담을 면한 계방촌이라 하여
빠져나갔습니다 그러면 농민들이 그 부담을
감당해야 했지요

거기다 수령이 바뀔 때마다 내는
무명잡세는 얼마나 많은지요
수령 어머니 생신이라고 돈 내야 하고
아버지 죽었다고 돈 내야 하고

수령이 자는 내아 벽지 바꾼다고
돈 내야 하고 아전들은 아전대로 기존 세금에 더
많은 돈을 거둬 착복하지요
지주는 지주대로 소작인들에게 토지세를 전가하고요

살아있다는 게 치욕일 뿐이었습니다
여름 내내 뙤얕볕에서 피땀 흘려 일해도
가을이면 다 빼앗기고 남는 게 없으니
통탄할 일입니다

일본이 들어오면서 광산 개발을 했습니다
일본으로 수출하면 많은 돈을 벌 수 있다고 합니다
하지만 국가로부터 허가를 받은 양반들은
금맥을 찾기 위해 장소를 가리지 않고
땅을 파헤쳤습니다
남의 묘소나 논밭도 가리지 않았습니다

수령은 멋대로 광산을 열어 농민들을
강제로 동원하기도 했습니다
광산개발이 되면 그 주변은 땅이 황폐화되어
농민들은 하루아침에 거리에 나앉아야 했습니다

일본이 들어오면서 어부들도
많은 피해를 입었다고 했습니다
우리나라 어부들이 잡은 고기를
강제로 빼앗는가 하면
어부를 묶어 물속에 던지기도 했답니다
육지에 올라와서는 총칼로 주민들을 살해하고
노략질까지 자행했다는 소문입니다

우리 농민들이 함창 태봉과 낙동에 있는
일본병참기지가 자꾸 신경쓰이는 이유입니다
언제 저걸 때려부수고 일본놈들을 쫓아내나
농민들은 만나면 이빨을 갈았습니다
그러자면 총이 있어야 하는데
총을 구하기가 쉽지 않았습니다

–어떤 사람은 팔자가 좋와
에헤이 소호나 절로호 한다

고대광실에 높은 집에
에헤 소호나 절로호 한다

제30장

아버지

농민들의 원성은
날로 높아갔습니다

내 가슴 속에도 하늘이 있을까요
두근두근 이것일까요
솟구치는 분노 이것일까요
아님, 뜨거운 피 이것이 하늘일까요

동학지도부를 뺀 채 봉기를 일으키자는
농민들이 점점 많아질 무렵이었습니다

우리들이 모두 죽지 않는 한 끝내는 너희들의 배에 칼을 꽂으리라

어느 고을엔 살반원이 양반을 죽였습니다
평민과 천민들의 생명과 재산을 약탈한

악질양반을, 특별계원이 처결하도록 한다는
소문이 나돌아다녔습니다

손씨라는 사람이 중심이 되어 살반계 활동했는데
행동강령은
 '양반을 죽일 것'
 '부녀자를 겁탈할 것'
 '재산을 탈취할 것'
이라고 알려졌습니다
농민들 아무도 살반계를 욕하지 않고
오히려 두둔하는 입장이었습니다

살주계도 있었습니다
지나치게 학대를 받았던 천민이
상전를 죽이는 계입니다

악랄하기로 소문난 소리마을에서
김경준이라는 노비가 주인집 내당에
돌입하여 부녀자를 겁탈하고
재산을 강탈한 적이 있었습니다

어떤 양반가에서는 노비가 살주계원으로
탄로나 죽임을 당했습니다

김경준은 후에 소모군에게 잡혀
엄중하게 곤장을 맞고 칼을 쓴 채
감옥에 갇혔지요 며칠 후엔
남사정에서 총살을 당했습니다

아버지

드디어 봉기를 하게 되었습니다
농민이 주인되는 세상
잘못된 폐단을 바꾸어 짐승의 삶이 아닌
사람의 삶을 살고자
32년 전,
아버지가 일으켰던 것처럼
우리들은 읍성을 치기로 했습니다

최시형은 9월 18일 기포령을 내렸습니다
더 이상 농민들의 요구를 들어주지

않을 수 없었습니다
전라 지역 대부분이 농민들의 손아귀에
넘어갔다는 소문이었습니다

농민들은 통문을 돌리고
민회를 열어 회의를 하고
준비를 했습니다

마침내 9월 22일,
수천 명의 농민들은 읍성을 향해
달려갔습니다

죽창을 들고
괭이를 들고
쇠스랑을 들고
삽을 들고
읍성을 쳐들어갔습니다

죽음을 각오한 싸움
새 세상을 갈망하는 마음

바람도 불지 않았고
개짓는 소리도 나지 않았습니다

함창 농민군 예천 농민군도
합세하여 사기충만한 상태로
읍성으로 달려갔습니다

아버지
모두들 아버지였습니다
수많은 아버지들이 읍성으로 쳐들어갔습니다

근데,
이럴수가요

읍성은
텅,
비워 있었습니다

목사직을 5만 냥에 샀느니 9만 냥에 샀느니
소문난 윤태원은 동부승지로 전임되어
목사직 인계를 기다리는 중이었는데

이미 도망가고 없었습니다

농민군들이 읍성에 쳐들어갔을 때
진영도 있고 관포대 100여 명이
수성군으로 있었지만 농민군들의 위세에
눌러 힘 한번 못 쓰고 항복했습니다

그 와중에 수임직 호장 박용래
이방 김재익도 도망쳤습니다
다른 아전들도 이미 도망가고
아무도 없었습니다
이렇게 쉽게 읍성을 점령하다니요

우리 농민들을 수탈하고 곤장치고
죽이고 했던 관아가 이렇게
쉽게 무너지다니요

생시인가요
꿈인가요

만세!

만세!

만만세!!!

우리 농민들은 각자 손에 든 농기구를
높이 치켜들고 포효했습니다

우리의
세상

사람 위에 사람
없고
사람 아래 사람
없는
세상,
이 왔습니다

아버지,

그런 세상이 왔습니다
아버지가 꿈꾸어온
세상

새

세상이

왔습니다

–어떤 사람은 팔자가 좋아서

고대광실 높은 집에서 희희낙락 잘도 노는데

우리 농부야 낮으로야 김매고 밤으로는 새끼 고면서

아리아리랑 쓰리쓰리랑 아라리가 났네

제31장

아버지

먼저,

무기고를 탈취했습니다

일본군 병참기지가 가까이 있기에

무장하는 것이 급선무였습니다

농기구로 죽창으로 일본군 관군을

이길 수가 없지요

하지만 무기고를 열었을 때
쓸만한 무기는 없었습니다
화승총이 수십 자루 있었지만
녹이 슬어 있었고
창 칼 모두 녹이 슬어 쓸 만한 게
몇 자루 되지 않았습니다

농민들에게 세금수탈할 궁리만 했지
백성을 지키는 무기는 방치한 채
내버려두었던 것입니다

우선 쓸 만한 것과 버릴 것을
구분하여 녹을 닦고
기름을 칠하였습니다

옥문을 때려부수자
누군가의 고함소리에 농민들은 달려가
농사를 짓던 괭이 삽 쇠스랑으로
우리를 가두었던
지금도 선량한 농민들을 가두고 있는
옥문을 부수었습니다

사람들이 부축해서 나오고
기어서 나왔습니다 아니면
업혀서 나온 사람도 있었습니다

아버지,

그 사람들은 사람이
아니었습니다

대부분 과도한 세금을 내지 않은 사람
아전에게 세금수탈에 항의한 사람
지주가 전가한 토지세금을
내지 않은 사람 평소에 불평불만이
많은 사람 덮어씌울 게 없는 사람은
불효한 죄
가정이 화목하지 않은 죄
술 마시고 비틀거린 죄
죽으려 한 죄,
장독에 걸려 다 죽어가는 사람들이
태반이었습니다

돈만 있으면 당장 풀려났을 텐데
돈이 없으니 며칠동안 곤장을 맞고
옥에 방치된 사람들이었습니다

쌀이다!
사람들의 고함소리가 하늘을 찔렀습니다
농민들은 또다시 농시짓던 농기구를 들고가
창고문을 때려 부수었습니다
곡식이 넘쳐났습니다

물이 새는 창 쪽에는 썩어가는
것도 있었습니다
농민들은 마치 처음 보는 것처럼
쌀을 두 손으로 움켜쥐고 눈물을 흘렸습니다
여름 내내 뙤약볕 아래 피땀으로 지은
쌀,
하지만 우리 것이 아니었던
쌀

지도부에서는 우선 밥을 하고
소를 잡으라고 명했습니다

쌀밥이 나오고 쇠고기국이 나오자
마치 처음 보는 것처럼 휘둥그레 눈을 뜨고
바라보기만 했습니다

쌀로만 지은 하얀 밥
고봉
밥

눈물부터 났습니다
먹으려는데 목이 메여
넘어가질 않았습니다

어떤 이는 갑자기 먹은 쇠고기국에
계속 설사를 했고
오메 아까운 것
온 힘을 다 해 똥구멍을 힘껏
오므리고 다녔습니다

아버지,
전

하얀 쌀밥을 봤을 때
아버지가 떠오르고
어머니가 떠올랐습니다

평생 쌀밥 한 그릇
못 드신 분

아버지 어머니 함께 있으면
얼마나 좋았을까요
어머닌 3년 전 함창 항쟁 이후
시름 시름 앓다가 돌아가셨지요
약 한번 제대로 못 쓰고 돌아가셨지요
쌀밥 한 그릇 못 드시고 돌아가셨지요
원통하고 분통해서
눈물조차 나오지 않습니다

밥이
하늘입니다

밥이
사람입니다

창고에 있는 곡식을 농민들에게
골고루 나누어주었습니다

봉기에 참여하지 않은
사람들에게도 나누어 주었습니다

제 손으로 지은 쌀을
제 손으로
제 집으로
가져갔습니다
쌀이 원래 주인을 만난 것입니다
저들은 빼앗기만 할 뿐 손에 흙 한번
안 묻힌 사람들 아닙니까
이제 농사를 지은 농민들이 당당하게,
쌀을 가져갑니다
구들장 지고 누운 노모과
이제 걸음마를 배운 자식들에게
하얀 쌀밥을 먹이겠지요
진작에 이랬어야 하는데 말입니다

객관에 창의도소를 설치하고
새 세상이 왔음을 선포했습니다

아버지,

아버지가
꿈꾸었던
세상

사람 위에 사람
없고
사람 아래 사람
없는
세상

아버지

새
세상이
왔습니다

–노자 좋구나 젊어서 노세
치나칭칭나하네
늙어 병들면 못 노나니
우리가 살며는 몇 백년 살꼬

제32장

아버지

지도부의 만류에도 성난
농민들은 보복에 나섰습니다

지나친 토색질로 유명한 소리마을로
농민들이 몰려갔습니다

회초리 하나만 가지고도 잔치를 열고 기와집을 맘대로 지었다

얼마나 토색이 심했으면
이런 말이 나돌아다닐까요

같은 양반도 고개를 돌리고 지나간다는

양반들만 사는 마을이었습니다

태산같이 높고 큰 집에 도착하니
문은 굳게 닫혀 있었습니다
농민들이 피땀으로 지은 곡식을 삼킨
대문을 괭이와 삽 낫으로 때려부수었습니다
마당엔 하얀 햇살이 내려앉아 있었습니다
마당을 가로 질러 큰사랑채로 가니 텅,
비어 있었습니다 작은사랑채도 텅, 비어 있었습니다
안채도 별당도 마찬가지였습니다
하인들이 제지했지만 곧 밀려났습니다

곡간엔 곡식 어물 비단이 가득했습니다
꺼내는데도 하루가 다 지나갈 지경이었습니다

사랑채에선 금송아지 어음 한 다발이 나왔습니다
노비문서는 마당에 쌓아놓고
불을 질렀습니다
큰사랑채에 불 붙은 짚단을 던졌습니다
작은사랑채에도 불 붙은 짚단을 던졌습니다
안채에도 불 붙은 짚단을 던졌습니다

별당에도 불 붙은 짚단을 던졌습니다
불기둥이 하늘 높이 치솟았습니다

기둥에 새끼줄을 묶고 여러 명이
달려들어 당겼습니다
태산같이 큰 지붕이 쿵,
무너졌습니다

32칸의 옆집도 불길에 휩싸였고
순식간에
쿵!
쿵!
무너지는 소리가 천둥소리처럼 울려퍼졌습니다

마을
여기
저기서
불꽃이
피워올랐습니다

와!

와!

와!!!

함성소리가

터져나왔습니다

마을

전체가

불타고 있었습니다

평소엔 제대로 고개조차

들지 못했던 곳

집이란 집은 하나도 남김없이

불타고 있었습니다

쿵!

쿵!

집이 무너지는 천둥소리가 허공을

갈랐습니다

마을 하나가

없어졌습니다

곡식과 어물을 달구지에 싣고
읍성으로 가져왔습니다 직접
농사 지은 농민들이 가져가게 할
작정이었습니다 원래의
주인에게 돌려줄 계획이었습니다

다음은
봉대마을이었습니다

이 마을도 소리마을 못지않게
토색질이 심한 곳이었습니다

농민군들이 달려갔을 때 이미
양반들은 도망간 후였고 하인 몇이 있었지만
저항조차 하지 못했습니다
곡식을 꺼내고
방마다 불 붙은 짚단을 던졌습니다

양반 37호가 위세당당하게 살던
마을은 순식간에 불길에
휩싸였습니다

검은 연기가 하늘을 뒤덮었고
10리 밖까지 열기가 뻗쳤습니다
멀리서 구경하던 농민들이
두 손을 치켜들고 환호성을 질렀습니다

장정들이 집집마다 기둥에 새끼줄을
묶어 잡아당겼습니다

쿵!
쿵!!
쿵!!!
태산같은 기와집이
무너졌습니다

그 마을 앞을 지나는 양반조차도
두려움에 떨게 했던 마을이었습니다

100여 채가 넘는 기와집을
모두 불태웠습니다

원한도
원망도
모두
불태웠습니다

비굴했던 인생
부끄러웠던 과거 모두
불태웠습니다
신음하던 날밤새던 세월
통곡하던 생명
이제는,
당당한 이 땅의 주인으로 태어나기 위해
인간다운 삶을 영위하기 위해
태우고 또 태웠습니다

그동안 우리가 일해서 번 돈으로
지은 집을 불태웠습니다

또다시
마을 하나가 없어졌습니다

아버지,
다시는 이런 마을이 생기지 않기를 바라며
뿌리 뽑는 심정으로
마을 전체를 없앴습니다

농민들만 마을을 불태운
것은 아니었습니다
일부 양반들도 관속들도 참여했습니다

악덕 지주 양반들은
우리 모두의 적이었습니다

이런 중에도 우리 농민군들은
사람의 목숨은 해치지 않았습니다
아무리 악독한 인간이라도
하늘이라고 했습니다

곡간에서 나온 곡식을 이틀에 걸쳐

창의도소로 옮겼습니다
어물 비단 금송아지 어음도
달구지에 싣고 창의도소로 옮겼습니다

그동안 빼앗기기만 했던
원래의 주인인 농민들에게 골고루
나누어줄 작정이었습니다

-노자 좋구나 젊어서 노세
치나칭칭나하네

잡누라 냉수가 중추가 맥혀
밥이라고 하는 음식은
바빠서도 못 먹는구나
죽은 죽어도 못 먹겠는데

제33장

아버지

악랄한 지주들에 대한 보복은

다음날에도 이어졌습니다

일 안 하는 지주들의 창고엔
곡식이 넘쳐나는데
일하는 우리 농민들은 밥은커녕
죽도 제대로 못 먹었습니다

웃음소리는 그들 담장 안에서만
터져나왔습니다 웃음도
그들의 것이었습니다

잔악한 지주들의 집을 찾아가
곡식을 빼앗았습니다

이제는,
풍년이 들면 우리의 것인 웃음을
빼앗았습니다
덩실 덩실 춤도 빼앗았습니다

아버지,

아닙니다,

곡식을 빼앗았던 게
아니라
우리의 곡식을 가져온
것입니다
원래 우리의 곡식이었습니다
그들이 우리에게 빼앗은
곡식을
우리가 되찾아온,
것입니다

소작인의 부녀자를 소작 뗀다고 협박하고 겁탈한
지주들의 불알을 깠습니다
다시는 못된 짓을 하지 말라고
악덕지주의 씨를 퍼뜨리지 말기를 바라는
간절한 소망이었습니다

아전들의 집도 마찬가지였습니다
창고엔 곡식이 넘쳐 썩어가고
각종 어물에 비단이 천지였습니다

사랑채 안채엔 금송아지
몇 마리 나왔습니다

또다시,
우리의 것을, 원래의 우리의 것을
가져왔습니다

우리가 빼앗겼던 재물을 달구지에 싣고
가져오는데
하루,
이틀,
삼일,
걸렸습니다

길가에서 곡식을 실은 달구지의
긴 행렬을 보고 마을 사람들이
만세!
만만세!!
소리쳤습니다

일부 농민군들은 악랄했던 양반 지주들의

묘를 파헤치고 시체를 끌고 다녔습니다
아버지의 원수
어머니의 원수
형의 원수
동생의 원수
가족이 죽거나 유랑걸식을 하게 된
농민들의 보복이었습니다

누구도 나서서 말리지 않았습니다
오히려 마을 사람들은 고소하다는 듯이
바라보았습니다

외남의 강홍이는 지주의 무덤을 파헤치고
내당에 들어가 재물을 빼앗고
부녀자를 욕보이고 신생아마저
기절시켰습니다 그들에게 부모 잃고
가족이 망한 그는 그렇게 해도
속에서 끓어오르는 불기둥을
끄지 못했다고 합니다

아버지,

낮에는 그동안 악독하게 굴었던
양반 지주 아전들을 징치하고
밤마다 잔치를 열었습니다

아리랑 아리랑 아리리요
아리 아리 쓰리 쓰리 아라리요

우리의
세상

사람 위에 사람
없고
사람 아래
사람 없는
세상

우리가
주인이 된
세상

하늘의 해가 잘했다고 방긋 웃고
갑장산 천봉산이 잘했다고 고개를
끄덕이는 세상 이제야 제대로 된
세상이 왔다고
낙동강이 우~ 우~ 몸을 뒤척였습니다

가만히 있어도
덩실덩실,
어깨춤이 나오는
세상

우리들의
세상

–치나칭칭나네
앞냇가에는 자갈도 많고
대나무 밭에는 메기도 많다
소나무 밭에는 고기도 많지

제34장

아버지

하지만,

우리의 세상도 오래 가지 않았습니다
매일 잔치를 열고
배불리 밥을 먹던 나날도
끝이 났습니다

읍성점령 며칠 후
함창 태봉과 낙동에 있던 일본군 병참기지에서
쳐들어온다는 소문이 돌았습니다

농민군들이 호시탐탐 병참기지를 노렸듯
일본군들도 농민군들을 공격할
준비를 하고 있었던 것입니다

농민군들은 술렁거렸습니다

예천 농민군들이 읍성을 공격했다가
일본군에게 대패한 적이 있었기 때문입니다

총을 가진 일본군에게 예천 농민군들은
힘 한번 제대로 못쓰고 패했던 것입니다

농민군들은 읍성을 지키기 위해
준비를 했습니다
4대문을 출입하는 사람들을 통제하고
군사훈련을 강화했습니다
예천 안동 문경 의성 농민들에게 연락하여
도움을 요청했습니다

하지만,
두려움은 어쩔 수 없었습니다

일본군이 쳐들어오기 하루 전,
양반 출신들은 야밤에 대부분 읍성을 빠져나가고
가난한 농민들과 노비 출신들만 남았습니다

마지막 날 밤,
누군가 글을 아는 사람에게
숯을 내밀었습니다
내 이름 좀 써 주소

등을 돌려 앉았습니다
도야지(都也之)요
글을 아는 사람은 아무 말 없이
등에다 이름을 썼습니다

성 안에 남은 사람들의 많은 이가
글을 모르는 사람이었습니다

또 한 사람이 등을 내밀었고
어떤 사람은 가슴을 내밀었습니다
죽더라도 자신의 이름은 남기고 싶었는지 모릅니다

나도 좀 써 주시오. 개(介伊)요
나는 똥개(同介)
글을 쓸 줄 아는 사람에게
노비에서 면천된 사람들이
모여들였습니다

우리 이름이나 압시다 한 사람이 옆 사람의
손을 잡았습니다
난 방귀(方貴)요

난 소똥(小同)이요

여기저기서 서로 이름을 불러주었습니다
"벌레(伐介)요."
"마당이(馬堂)요."
"바보(千致)요."
"뚱거리(斗應九里)요."
"헐덕이(許叱德)이요."
"오리(鴨伊)요."

면천된 노비들은 서로의 이름을 불러주며
불안을 달랬습니다

-물이 하나 못 펴겠네
밤낮으로 펴고보니 잠이 와서 못하겠네
매일매일 펴다보니 잠은 언제 자고
밥은 언지 먹는가

제35장

아버지

마침내,

9월 28일 일본군이 쳐들어왔습니다

호시탐탐 우리나라를 집어삼키려고 벼르던

일본군이 쳐들어왔습니다

화력이 우세한 일본군은 오자마자

성을 둘러싸고 사다리를 이용해 성벽을

기어오르기 시작했습니다

협상을 하자든지

항복을 하라든지

어떤 말도 없이

총을 들고 오르기만 했습니다

오르는 일본군을 찌르기 위해

성밖으로 고개를 내밀면

탕!

총탄이 날아와 머리에 박혔습니다

성 위에 올라온 일본군은

정조준해서 농민들을 쏘았습니다

탕!

탕!

탕!

탕탕!!

탕탕!!

탕탕탕!!!

탕탕탕!!!

등을 보이고 도망쳐도

손을 들고 항복해도

총을 쏘았습니다

저 놈들이 아예

말살시키려 하는구나

읍성이 평지에 세워져 있기에

화력이 우세한 공격에

정면으로 방어하기가 쉽지 않았습니다

탕!

탕!

탕!

탕탕!!

탕탕탕!!!

여기저기 총탄에 농민들은

속수무책으로 쓰러졌습니다

우리나라 군대도 아닌

일본군에게 죽다니요

아버지,

일본군에게 우리나라 백성을

죽이라고 청한 왕은 이 나라의

왕이 맞는 걸까요

나라는

무엇입니까

나라는 우리에게
어떤,
존재입니까

백성을 보호하지 못하는 나라도
나라입니까

오히려 자신들의 권력을 유지하기 위해
왕과 관료들은 이 나라 백성을 죽이라고
일본에게 부탁했습니다
일본군은 자신의 나라도 아닌 남의 나라에서
남의 백성을 마치 자신의 나라처럼
총을 쏘았습니다
나라를 믿고 임금을 믿고
피땀 흘려 지은 곡식을 세금으로
몇 배의 세금으로 냈던 농민들은
원망과 분노로 쓰러져서도 눈을 감지 못했습니다
붉은 피가 쿨쿨, 쏟아져
이 땅을 적시고 내를 이뤄
성밖으로 흘러갔습니다

농민들은 화력의 열세로
힘 한번 못 쓰고 퇴각했습니다

100여 명이 죽고
그 주검을 밟고
퇴각했습니다

후일을 도모하자며
퇴각했습니다

아,

아버지,
하늘이 통곡하고
땅이 통탄합니다
가는 바람에도 나무들은 몸을 떨었습니다
꽃들은 피지도 않은 채 그대로 스러졌습니다

또한,
일본군들은 농민군들을 찾는다며
농민군에게 협조한 사람들을 색출한다며

성 주위 집들을 뒤졌습니다 젊은이들을
젊다는 이유만으로 총알이 아깝다며
죽창으로 그 자리에서 찔러 죽였습니다
양반들은 수염이 뽑혔고
부녀자 어린 아이까지 겁탈을 당했습니다
재물을 빼앗겼습니다
처음엔 일본군이 온다고 농민군들을 몰아낸다고
손 안 대고 코 푼다고 소를 잡는다
잔치를 벌인다 하던 양반들은 오히려
큰 화를 입었습니다

—아리랑 아리랑 아라리요
아리랑 고개를 넘어간다

아리아리 쓰리쓰리 아라리요
아리랑 고개를 넘어간다

토호세력은 권력을 되찾기 위해
서둘러 민보군을 설치했습니다

여러 성씨들을 두루 참여시키고

백성들에게 소작을 주겠다 떼겠다
협박 회유하여 민보군을 결성했습니다

며칠 후 임곡의 강선보
외남면의 강홍이
소리마을의 김경준
체포되어 칼을 차고 투옥되었습니다

–명사십육 해당해야
꽂전다 서러마라
내년 이때 춘삼월 호시절에
또다시 젊어 오건마는
우리 인생 아차 한번 늙어저니
다시 젊어오지 안 하고
살짝 늙어저네
아리아리 서리서리 아라리가 났네

제36장

아버지

왕은 정의묵을 영남소모사로
임명하였고
정의묵은 소모영을 편성하자마자
토벌을 시작했습니다

선무공작도 병행했습니다
농민군 대장의 소재지를 밀고하거나
잡아오는 자는 조정에 보고하고
상을 주겠으며 망실된 무기를 가져오는 자는
이전의 죄를 묻지 않겠다고 했습니다
농민군들에게 귀화하면 살려주겠다고
회유했습니다

동시에 유격병대는 마을마다 돌면서
숨어있던 농민군 지도자를 체포 처형했습니다
충경접 상공접 소속의 주요 농민군 지도자들과
편의장 조왈경
좌익장 장여진
모동 접주 이화춘 등이 체포되어
처형당했습니다

모동 모서의 남진갑 김군중 구팔선 등은
읍성에서 퇴각한 후 11월 중에 또다시
봉기하기 위해 기포통문을 돌리다
유격병대의 토벌을 받아 포살되었습니다

아버지,
강선보 포도대장도 붙잡혀
11월 7일 장시에 효수를
당했습니다 효수 전날
누구를 보고 싶냐는 심문관의 말에
노모가 보고 싶다 하여
효수장에 노모가 왔다고 합니다

강선보는 의연하게 효수를 당했고
밤이 되자,
노모는 장대 높이 걸린 아들의 머리를 내려
치마에 싸서 누구 볼세라 밤길
40리 길을 걸어 살던 마을로 갔습니다

근데,
산소를 만들 수 없었다고 합니다

효수당한 머리를 가져와 무덤을 만들었다고 하면
그 사람 또한
효수를 당하기 때문입니다

노모는 할 수 없이 아무도 모르는 곳
마을 앞 개울가에 밤새 흙을 파내고
아들의 머리를 묻어주었다고 합니다
사람들은 머리무덤이라고 부릅니다

소모영은
평민 천민으로서 봉기에 큰 역할을 하지 않았어도
양반가나 상전을 보복한
사람들에게는 귀화도 용납하지 않았습니다
일일이 잡아들여 처형했습니다
11월 7일 읍내 장시에서 효수당한
외남의 강홍이
소리마을의 김경준이 대표적인 경우였습니다

원성팔은 사족을 때려 이빨을 뿌려뜨리고
양반의 부녀자를 겁탈했으며
재산을 강탈했다고 처형당했습니다

김민이는 거괴가 되어 양반 여자를 협박하고
재산을 빼앗았다고 처형당했습니다

정항여 서치대는 양반을 구타하고
재물을 빼앗았으며 군기를 약탈하고
남의 무덤을 파헤쳤다고 처형당했습니다

아버지,

32년 전,
아버지가 효수당한 그곳에서 효수당해,
높은 장대에서 내 머리가
흔들흔들,
거립니다

어린 날
아버지의 지게에 올라앉아
어둑해진 논둑길을 가다보면
바람에 쓰러졌다 일어서는
이름 모를 풀들 꽃들이 떠오릅니다

아버지,

아버지는 이 세상의 전부였습니다

아버지가 이 세상의 하늘이었습니다

아버지는 제가 사는 내내 항상 옆에서

시큼한 땀내음 풍기며 계시던 하늘이었습니다

바람결에,

아버지 말씀을

듣습니다

사람 위에 사람

없고

사람 아래 사람

없는

세상

새

세상

우리들의

세상이

온다고,

아버지,
보고 싶은
아버지

아버지의
손자,
제
아들이
집에서
엄마 품에 안겨
있습니다

내일쯤,
32년 전
제가
그랬듯

제
아들도

장대 끝에

걸려

있는 내

머리를

보러

오겠지요,

그리고,

먼 훗날,

효수당한 아버지와 저의 이야기를

자신의 아들과 손자에게

전해주겠지요

–사람은 늙은께

보기도 싫네

세월이 갈라면

혼자나 가지

가기 싫은 우리 청춘

왜 데리고 가요

맺음시

그,

이후

살아남은,

농민들은

고향으로 돌아가지

못하고

의병활동

독립운동,

하였다

농민군들을 진압한

양반 지주 토호들의 후손들은

일본의 앞잡이

되어

그 아비의 아비가 그랬듯

독립군 잡아들이고

손에 흙 한번 안 묻히고
대궐같은 집에서 호의호식

농민군의
후손들은

1919년
3.1 민중 봉기
로

1946년
대구 항쟁
으로

1960년
4.19 혁명
으로

또한,

1979년

부마항쟁
으로

1980년
광주민중항쟁
으로

또,
또한

그
후손들,
아들
딸들은

사람 위에 사람
없고
사람 아래 사람
없는
세상

새

세상

우리들의

세상,

을

밝히기

위해

촛불을

밝히고

있다

우리가

주인인

사회

사람이

하늘 대접

받는

사회

새

세상

은,

오고

있다

오늘은,

여기까지만,

다만,

아직 다 못다한 이야기,

농민군 후손들

토마토 농사짓다 망한 친구

소 키우다 자살한 농민

해고 노동자

그리고 비정규직 실업자

다음에 이야기하자

머지않아,

다 과거였노라고

그런 때가 있었노라고 웃으며,

이야기할 날이 있으리니

발문

2대가 효수 당한 상주 농민항쟁의 현대적 의미
- 고창근 장편 서사시
<아리랑 아라리요 - 농민이 새 세상을 꿈꾸다>

임헌영(문학평론가, 민족문제연구소장)

고창근 작가는 한국작가회의 회원으로 이미 <나는 날마다 칼을 품고 산다> 등 3권의 창작집과 <신윤복, 욕망을 욕망하다> 등 장편 4권을 낸 중견이다. 그가 상주에 정착하여 현지 문학인들과 창작을 겸한 현실비판 활동을 맹렬히 전개해온 지도 어언 20여 년이 흘렀다.

그 치열성이 이룩한 획기적인 업적이 이번의 장편 서사시 <아리랑 아라리요>이다.

농민운동으로 유서 깊은 고장인 상주를 중심으로 가족사 2대에 걸친 농민 수난과 저항의 실상을 민중사관의 시각으로 대중성 있게 풀어낸 노래가 이 결실이다.

상주에서는 19세기 후반에만도 임술농민항쟁(1862)부터 함창농민항쟁(1891)을 거쳐 동학농민항쟁(1894)까지 세 차례나 처절한 농민항쟁이 있었다. 고창근 작가는 이를 아버지–아들에 이르는 2대에 걸쳐 좌절당한 농민항쟁을 재기시키려다 잡혀 효수(梟首)당한 인물의 고백형식으로 서사구조를 풀어나간다.

농민항쟁의 발생과 경과 및 결말은 어느 시대 어느 지역에서나 다 엇비슷하다. 지방장관의 수탈과 억압을 견디다 못해 들고 일어나 그 고을의 수령(대개 시장 군수급)과 핵심 탐관오리들을 차마 죽이지(혹은 죽이기도) 못하고 쫓아낸다(혹은 도주한다). 중앙에서는 이내 신임 수령이 나타나 적폐 청산은커녕 도리어 농민운동 주모자를 잔학하게 처단하며 여전히 탐학을 일삼는다.

이에 격분한 농민들은 2차 봉기를 일으켜 처음에 당했던 분풀이로 과격한 보복행위를 하게 되지만 이내 국가 권력 차원의 진압군에 압도당하고 만다. 관군은 언제나 훨씬 잔혹무비하다. 농

민들은 오랜 세월에 걸쳐 새로운 저항을 꿈꾸지만 그리 쉽지가

않다. 그래서 상주(뿐이 아니라 지구 위에 농민이 있는 어디서나)에서는 세 번(뿐 아니라 더 많은)이나 농민항쟁이 일어났으나 역시 좌절당한 채 오늘에도 새로운 항쟁을 꿈꾸고 있다.

제1부 <농민이 난을 일으키다-1862년 임술농민항쟁>의 화자는 아버지다. 화자는 효수당한 상태에서 자신이 듣고 보고 겪었던 일들을 사랑하는 아들에게 절절히 호소하는 형식을 취한다.

제2부 <농민이 수령을 고을 밖으로 들어내다 - 1891년 함창농민항쟁>의 시적 화자는 제1부에서 효수당한 아버지의 아들이 어머니에게 호소하는 형식을 취한다. 아들은 아버지를 잃은 뒤 외갓집 신세를 많이 지고 성장했다. 마침 외가가 있던 함창에 갔을 때 큰 외숙부가 병환으로 부역엘 못나가자 대신 나갔다가 농민항쟁이 일어나자 휘말려들었다.

순진한 농민들은 항쟁 초기에는 수령을 공격하지 않은 채 농민들에게 직접 폐를 끼치는 자들만을 응징하려 했지만 일이 커지면서 점점 수령도 나쁜 무리의 우두머리임을 깨닫고 차마 죽

이진 못한고 추방해버린다. 그러면서도 농민들은 국가체제는 믿었던 지라 예로부터 고을의 수령이 없으면 인근 수령이 겸직

한다기에 함창과 가까운 문경현감에게 의탁했다. 그런데 이런 농민의 뜻을 거스르고 문경현감은 농민항쟁에 앞섰던 인물들을 가차 없이 처단해 버린다.

제3부 <농민이 읍성을 점령하다-1894년 동학농민항쟁>은 이 서사시의 클라이맥스로 바로 상주지역의 동학농민전쟁을 다룬다. 화자는 효수당한 아들이 아버지에게 호소하는 형식을 취하고 있다.

여기서 작가는 상주 동학에 영향력을 끼쳤던 최시형이 초기엔 농민항쟁보다 내부 조직 강화에 치중하다가 1894년에야 본격적인 투쟁에 나선 경위를 항일애국운동으로 풀이한다. 그 항쟁이 일본군의 무자비한 학살로 좌절당하는 과정을 통하여 작가는 그때까지 농민군이 철석같이 믿었던 국가와 왕권에 대한 신뢰마저도 무너져 내리는 계기로 설정한다.

농민들의 요구조건은 언제나 생존권과 평화로운 삶인데, 그게 시대와 지역에 따라 달라진다. 오늘의 제주 강정마을은 미 해군 기지 철폐가 되며, 밀양에서는 송전탑 이전이 되고, 성주에

서는 사드 배치 반대가 되는 등 지역과 시대에 따라 천차만별이다. 그래서 농민은 언제나 항쟁하지 않으면 안 될 요인과 직면하고 있다는 사실에는 변함이 없다.

고창근 작가는 이 서사시를 통하여 19세기 상주의 농민항쟁을 한유하게 담론하려는 게 아니라 그 항쟁을 통하여 오늘의 한국 농민이 직면하고 있는 민족사적인 투지의 절실성을 강조하고 싶은 것이다.

참고문헌

19세기 후반 상주지방의 농민항쟁 (김종환, 석사학위논문)

연세대학교 동방학지 상주편 제51집, 제52집(신영우)

1862년 상주 농민항쟁의 연구 (손종호, 석사학위논문)

1862년 상주농민항쟁의 원인(최성기, 박희진)

경상북도 상주동학농민혁명과 현대사로 이어지는 자료집(상주동학농민혁명기념사업회)

『1894년 농민전쟁연구』 1, 2, 3 권(한국역사연구회, 역사비평사)

『동학농민혁명사 일지』(동학농민혁명참여자명예회복심의위원회)

『한국농민운동사연구』(이우재, 한울)

『동학사상과 갑오농민혁명』(신복룡, 평민사)

『한국근대사』(강만길, 창박과비평사)

『동학농민전쟁연구자료집(1)』(동학농민전쟁100주년기념사업 추진위원회)

『농민이 난을 생각하다』(송찬섭, 서해문집)

『상주의 민요』(상주군)

그 외 다수 논문 및 책

** 민요는 『상주의 민요』(상주군)에 실린 내용 그대로 인용

고창근 서사시집

아리랑 아라리요

2017년 9월 01일 발행
2017년 9월 05일 1쇄 펴냄

지은이-고창근
펴낸이-고창근
펴낸곳- 문학마실
출판신고번호-제 511-2013-000002 호
주소-경북 상주시 구두실길16-1(인평동)
전화- 010-9870-0421
전자우편-sgamm@hanmail.net

ISBN 979-11-951187-0-0 (03810)

– ------------------------

값 15,000원